야수를 믿다

INSTITUT FRANÇAIS
Cet ouvrage a bénéficié du soutien des Programmes d'aide à la publication de l'Institut français.

이 책은 프랑스 해외문화진흥원의 출판번역지원프로그램의 도움을 받아 출간되었습니다.

야수를 믿다

CROIRE AUX FAUVES

나스타샤 마르탱 지음
한국화 옮김

비채

여기저기서

변신하는 모든 존재에게

"나는 한동안 소년과 소녀, 나무와 새,
그리고 바다에서 길을 잃은 물고기였다."

엠페도클레스, 《자연에 대하여》

차 례

가을 : 11

겨울 : 57

봄 : 109

여름 : 173

옮긴이의 말 : 179

일러두기

- 본문의 고딕체는 원서에서 이탤릭체로 강조한 부분입니다.
- 본문에 작은 글씨로 병기한 주는 모두 옮긴이주입니다.

가을

곰이 떠난 지 몇 시간이 지났고 나는 안개가 걷히기를 기다리고 기다린다. 짧게 자란 풀들로 뒤덮인 평원은 붉고, 내 손도 빨갛고, 부풀고 찢긴 얼굴은 더는 전과 같지 않다. 신화의 시간처럼 불분명함이 지배하고, 나는 얼굴에 벌어진 틈으로 인해 윤곽이 사라진, 체액과 피로 덮인 모호한 형상을 하고 있다. 이는 하나의 탄생이라고 할 수 있다. 결코 죽음은 아니기에. 피가 묻어 굳어진 갈색 털 뭉치들이 내 주위에 흩어져 있어 조금 전의 전투를 상기시킨다. 나는 여덟 시간째, 혹은 그것보다 더 오랜 시간 동안 안개를 뚫고 나를 구조하러 올 러시아의 군용 헬리콥터를 기다리고 있다. 곰이 도망간 후 나는 배낭의 가죽 끈으로 다리를 동여맸고, 나를 찾아낸 니콜라이가 내 얼굴을 감싸주었다. 그가 내 머리에 귀중한 비축품인 스펄트고농도 알코올를 붓자 볼을 타고 눈물과 피가 흘러내렸다. 그리고 나는 혼자 남겨졌다. 니콜라이는 현장 연구에 쓰는 내 작은 휴대전화를 가지고 구조를 요청하기 위해 곶의 위쪽으로 갔다. 불안정한

통신망, 오래된 휴대전화, 안테나와의 먼 거리까지 분명 고려했을 것이고 이 모든 것이 멀쩡히 작동하기를 바랐을 것이다. 우리 주위를 화산이 둘러싸고 있기 때문이다. 조금 전까지만 하더라도 우리의 자유를 축복했지만, 지금은 우리를 가둘 감옥을 형성하고 있는 화산이.

춥다. 나는 더듬더듬 침낭을 찾아 최대한 몸을 감싼다. 내 정신은 곰을 향해 떠났다가 여기로 다시 돌아오기를 반복하고, 연결고리를 구축하고, 해석하고, 분석하고, 생존자의 공중누각을 쌓는다. 내 머릿속은 여느 때보다 빠른 속도로 정보를 주고받는 시냅스의 통제 불가능한 증식과 유사할 것이다. 번쩍거리고, 강렬하고, 독립적이며 다스릴 수 없는 꿈과 같은 리듬이지만, 이보다 더 현실적이고 현재적인 것은 없다. 내가 지각하는 소리가 증폭되고, 나는 야수처럼 듣고, 내가 바로 그 야수다. 곰이 나를 끝장내기 위해서, 혹은 내가 그를 끝장내기 위해서, 그것도 아니면 우리 둘 모두 서로의 영원한 포옹 안에서 죽음에 이르도록 그가 다시 돌아올 것인지 나는 순간 자문한다. 하지만 그럴 일이 없으리라는 것을 안다. 느껴진다. 그는 지금 멀리 있다. 그는 높은 평원에서 절뚝거리고 있다. 털가죽 위로 피가 맺힌다. 그가 내게서 멀어지고 내가 나 자신으로 되돌아올 수록 우리는 각자 스스로를 되찾는다. 그는 나 없이, 나는 그 없이, 서로의 몸 안에 잃어버린 것을 견디며 살아남는다. 남겨진 것들과 함께 살아간다.

나는 그것이 접근하기도 전에 소리를 먼저 듣는다. 그 소리는 몇 시간 전에 내가 있는 곳으로 합류한 니콜라이와 라나에게는 들리지 않는다. 곧 도착할 거야. 내가 말하자, 그들이 대답한다. 무슨 소리야, 아무것도 없어, 이 광야엔 그저 위아래로 움직이는 안개와 우리뿐이야. 하지만 몇 분 후, 우리를 그곳에서 끌어낼, 소련 시대에서 살아남은 주황색 금속 괴수가 날아온다.

*

클리우치는 밤이다. 견고한 깊이의 밤. Klioutchy. '요충지'. 훈련소이자 캄차카 반도 러시아 군대의 비밀 기지. 나는 전쟁이 일어날 경우 베링 해협의 미국 해안선을 강타할 수 있도록 그들이 사정거리를 측정한다는 것, 모스크바에서 이 불모의 땅끝으로 매주 폭탄을 쏘아 올린다는 것을 알아서는 안 된다. 또한 이곳의 현지인, 이곳에 남은 에벤인과 코랴크인, 이텔멘인이 모두 징집되었다는 것을 알아서는 안 된다. 순록과 숲 없이는 부조리가 표준이 되었고, 그들은 이제 그들을 괴롭히는 자들을 위해 싸우기에 이르렀다. 하지만 나는 이전부터 그 사실들을 알고 있었다. 그런 것을 아는 게 내 일이다. 그날 저녁, 몇 달 전부터 숲에서 나와 함께 지내고 있는 에벤인이 그들의 막사와 멀리 떨어지지 않은 곳에서 폭발하는 폭탄에 대해 들려줬다. 그들은 이어진 질문에 웃으며 내 얼굴을 뚫어져라 쳐다봤고, 가볍고 장난스러우면서도 얄궂은 어조로 번번이 나를 스파이 취급하며 내게 부여된 온갖 임무를 상정했지만, 그럼에도 언제나 숨기지 않고 모두 말했다. 마을과 술, 싸움, 멀어지는 숲과 함께 점점 잊히는 모어, 모자라는 일자리, 그리고 이 모든 것의 대가로 클리우치의 기지를 제공한 구원자 조국.

운명의 장난. 보건소는 바로 이 요충지에 있고, 우리는 바로 이곳에, 가시철사와 철책 뒤에, 망루 뒤에, 호랑이굴에 착륙했다. 이 비밀 장소에 대한 금지된 모든 것을 알게 돼서 속으로 기뻐하다가, 내가 이곳에서 발생하는 거의 전쟁과 다름없는 사고로 다친 사람과 군인을 위한 치료 시설의 한가운데에 있다는 사실을 깨달았다.

내 상처를 꿰매는 사람은 나이 든 여자다. 매우 신중

하게 바늘과 실을 움직이는 그녀를 바라본다. 나는 고통의 어느 단계를 넘어섰고, 더는 아무것도 느껴지지 않지만 여전히 의식이 있고, 의식이 있는 차원이 아니라 완전히, 내 육체에서 분리되고도 동시에 여전히 그 안에 존재할 정도로, 인간의 한계를 넘어설 정도로 의식이 선명하다. Vsio boudet khorocho, 모두 괜찮아질 거예요. 그녀의 목소리, 그녀의 손, 그것이 전부다. 기적적으로 쪼개지지 않은 내 머리뼈의 상처를 꿰매기 위해 그녀가 내 머리칼을 자르고, 나는 발밑으로 떨어지는, 피가 묻은 금발을 바라본다. 빛을 찾으려고 고군분투하지만 할 수 있는 것이 별로 없다. 새까맣고 고통스러운, 도통 끝날 것 같지 않은 밤의 심연에서 벗어나기란 쉽지 않다. 그때 나는 그를 본다. 땀을 흘리는 뚱뚱한 남자가 방에 들어오더니 휴대전화를 들이대며 내 사진을 찍고, 이 순간을 영원히 남기려 한다. 이제 끔찍한 것은 내 얼굴이 아니라 그의 얼굴이다. 나는 분노한다. 그에게 달려들어 배를 갈라 내장을 파헤치고, 한 손에 이 역겨운 휴대전화를 들려준 다음 곧 마감될 그의 인생에서 가장 멋진 사진을 찍게 하고 싶지만, 그럴 수 없다. 내가 할 수 있는 일은 그저 그만두라고 중얼거리고, 되는 대로 얼굴을 가리는 것이 전부다. 나는 찢기고, 부서졌다. 나이 든 여자가 내 마음을 헤아리고, 남자를 밖으로 내

보낸 다음 문을 닫는다. 인간이란 하여간……. 그녀가 말한다. 아시죠, 인간이 어떤 족속인지.

나머지 밤은 그녀와 함께 그렇게 흘러간다. 꿰매고, 씻기고, 자르고, 다시 꿰매고. 나는 시간관념을 잊고, 시간은 계속 흐르고, 우리 둘은 알코올 냄새가 나는 어둑한 대서양에서 높아졌다가 낮아지는 파도에 휩쓸리며 부유한다. 이후 며칠이 지난 낮에 누군가가 나를 찾으러 온다. 나를 페트로파블롭스크로 이송할 헬리콥터가 대기하고 있다. 소방관인 듯 큰 키에 붉은 옷 차림의 러시아인이 사람을 안심시키는 미소를 머금은 채 다가온다. 그가 휠체어를 권했지만 나는 거절하고 몸을 일으킨다. 흰색, 회색, 흰색, 회색 계단을 내려가 문을 통과하기 위해, 콘크리트 바닥을 딛고 서기 위해 그의 어깨에 몸을 기댄다. 이 모습을 구경하러 모인 사람들이 휴대전화를 손에 쥐고 통로를 빼곡히 메우고 있다. 나는 플래시를 피해 손으로 얼굴을 가리고 구조원에게 의지한 채 헬리콥터에 올라탄다.

*

나는 반의식 상태로 이송된다. 너무나도 추웠고 목구

멍 안쪽으로 흐르는 피 때문에 숨을 쉬기 어려웠다. 도착하자 의사가 들것 위에 등을 대고 눕도록 강요한다. 그럴 수 없다고, 그렇게 하면 숨을 쉴 수 없다고 말하지만 그들은 내 말을 들어주지 않는다. 여러 명이 나를 붙잡아 드는데, 병원의 모든 인력이 다 나온 것처럼 보이고, 나는 숨이 막힌다. 사람들이 서로 부르고 외치는 소리에 이어 고정된 내 한쪽 팔을 찌르는 주삿바늘이 느껴진 후, 갑자기 모든 것이 정지되고, 빛이 흔들리고, 곰과의 일 이후로 처음으로 의식을 잃는다. 더는 무엇도, 아무것도 존재하지 않는다. 공허, 공백. 꿈조차도 꾸지 않는다.

다시 깨어나자 알몸으로 혼자 침대에 묶여 있는 나를 발견한다. 손목과 발목이 끈으로 고정되어 있다. 주변 상황을 점검한다. 널찍하고 노후된 백색 병실로, 소련 시대의 낡은 보건 진료소 같다. 멀리서 어떤 목소리들이 울린다. 튜브 하나가 내 코와 목구멍을 지나간다. 내가 왜 이렇게 숨을 이상하게 쉬는지와 목에 초록색과 하얀색 플라스틱으로 된 무언가가 달려 있다는 것을 깨달은 건 한참이 지난 후였다. 기관 절제술. 반쯤 정신이 나간 상태로 언제든 닥터 지바고가 나타나기를 기다린다. 병실 풍경은 작품과 이미 얼추 비슷하다. 하지만 모습을 비춘 사람은 미소를 띤 금발 간호사다. 나스틴카, 잘 이겨낼 거예요. 그녀가 말한다. 그녀가 나간 후 키가 크고 건장한 남자가 바닥에 부츠 소리를 내며 나타난다. 금색 체인과 금니, 금색 손목시계. 그는 이 병원의 원장이고, 그 티가 난다. 현재와 미래의 수술, 나의 강압복과 나머지 모든 것을 통제할 권리를 가지고 있다. 곧장 그의 눈에 들어야겠다고 다짐한다.

병원의 왕이라도 되듯 금빛으로 빛나는 웃음을 짓는 그는 친절한 편이다. 그가 나를 칭찬한다. 당신이 어떻게 아직도 살아 있는지 아무도 몰라, 하지만 당신은 살아 있지, 브라보, Molodiets. 그가 덧붙인다. 당신은 아주 강한 여자야. 나는 그에게 결박을 풀어주면 좋겠다고 대답한다. 그건 안 돼, 불가능해, 그렇게 계속 있어야 해, 당신 자신에게서 보호하기 위한 조처야. 아, 그런가요. 이후 이어지는 이틀은 아주 고역이다. 목구멍을 통과하는 튜브는 끔찍이도 아프고, 처음의 미소를 띤 간호사는 사라졌으며, 아주 어린, 너무 어린 간호사가 나를 돌본다. 책임 간호사는 배움에는 시간이 필요하기 마련이라며 그녀를 대충 감시한다. 그리고 이 초짜는 내 최악의 악몽이 된다. 나는 나를 구속하는 끈들을 어떻게 풀 수 있을지만을 강박적으로 골몰한다. 나를 지켜보는 사람들이 문 뒤로 사라지면 나는 실행 불가능할 듯한 방법들을 몇 가지 고안해낸다. 두어 번 이것들에서 해방되는 데 성공해, 위장으로 거무죽죽한 죽 따위를 떠넘기던 튜브를 잡아뗀다. 지금까지도 그 색깔이 너무도 선명히 기억난다. 밥 줘야지. 하루 끝 무렵 복도에서 외치는 소리가 들린다. 밥 줬어? 책임 간호사가 수습생에게 묻는다. '밥 주다', 그 단어다. Kormit. 나는 내 오랜 친구 일로가 마나스의 요트 구석에서 조카 니키타를 부르며 말하던 순간을 떠올린다. 개들한테 밥 줬어? 가서 개들 밥 줘! Idi kormit! 그 후로 아직도 그 단어를 들을 때마다 배 안쪽에서 경련이 일어난다. 이제 막 유년기를 벗어난 소녀의 검고 못된 눈이 악의를 품고 나를 바라보던 순간이, 튜브에 퉁명스럽게 음식을 주입하던 그녀의 모습이 생생히 떠오른다. 그녀는 내게 벌을 주기를, 내 존재와 내가 알지 못하는 그녀의 불행한 삶, 그녀에게 복종하지 않는 모든 것과 그녀에게 반항하는 모든 것에 복수하기를 원한다. 적어도 이곳에서만큼은 자신이 그럴 수 있는 권력을 가졌다는 것을 그녀는 내게 똑똑히 보여준다.

위장에 걸쭉한 액체가 가닿으면 나는 극심한 고통에 소리를 지른다. 눈물이 뺨을 타고 흘러내린다. 남자들과 여자들, 그리고 어린 여자애들 앞에서 이토록 속수무책으로, 이렇게까지 무기력했던 적이 없는데. 알몸으로 묶인 채 누군가가 주는 밥을 먹으며 나는 인간성의 경계에, 사람이 견딜 수 있는 한계의 끄트머리에 선다. 내 비명에 놀란 책임 간호사가 병실에 들어오더니 나를 죽이기라도 할 것처럼 노려보던 수습생을 혼낸다. 나는 이들이 곰에 대항해 생존한 여자가 치러야 할 대가를 톡톡히 요하고 있다고 생각한다. 아파요? 간호사가 묻는다. 네! 나는 그녀가 무엇인가 해주기를, 고통을 완화할 수 있는 약이라면 어떤 것이든 처방해주기를 바라며 최대한 확신에 찬 목소리로 대답한다. 잘 견뎌봐요, potierpi. 그녀가 하던 일로 돌아가면서 말한다. Potierpi, 이 단어 역시 더는 견딜 수가 없다.

걸쭉한 액체 사건 이후 나는 항복하기로, 무장을 해제하기로 다짐한다. 이외에는 다른 선택지가 없기 때문이다. 나는 아주 얌전히, 어떠한 항의나 요구도 없이, 어떤 것도 기다리지 않고 일이 끝나거나 혹은 무슨 일이 일어날 때까지 고통을, 튜브와 온갖 것을 견뎌낸다. 삼초마다 구르는 소리에 이어 굉음이 터지는 형편없는 교향곡이 병실에 울려 퍼지지만 않는다면 훨씬 쉽게 평정을 찾을 수 있을 것이다. 교향곡의 본질에 대해 알아보던 중, 오래되고 매우 전문적인 과학적 연구에서 이 반복되는 레퀴엠이 환자의 호흡을 도와준다고 밝혔다는 것을 알게 된다. 우르르르우우우우울 쾅! 우르르르우우우우울 쾅! 그리고 환자는 숨을 쉰다. 정말이지. 나는 러시아 의료 시스템의 한가운데에 있다. 아직도 낡은 방법에 의존하는 러시아 극동 지역의 특징일까? 모스크바 병원에서도 중환자실 환자가 같은 음악을 듣는지는 알 수 없다. 그들은 이 소련 강제노동수용소처럼 생긴 보건소에 누워 있는 것도 아니다. 이곳에서, 이 모든 것에서 벗어나 이에 관해 얘기할 때 아무도 나를 믿어주지 않을 것이라고, 나는 생각한다. 나는 다짐한다. 언젠가 이 순간을 모두 기록할 거라고.

다행히도 병실에서 보내는 밤들은 지루하지 않을 뿐더러 초현실적이다. 아니아가 이나의 뒤를 잇고 율리아가 바통을 건네받는다. 매일 저녁이 똑같다. 나를 감시하는 간호사는 병실 안쪽 작은 책상에 앉는다. 희미한 어둠 속에서 작은 전등이 미세하게 그 주위를 비추는 동안 그녀는 습포를 제조한다. 그녀는 자르고, 쌓아 올리고, 자르고, 또 쌓아 올린다. 이곳에서는 저절로 주어지는 것이 없다. 모든 것이 여자들의 손으로 만들어진다. 그리고 매일 밤, 거의 매번 같은 시간에 다른 방에서 당번 간호사의 이름을 부르는 남자의 목소리가 들린다. 아니아! 그러면 그녀는 태평하게 일어나서 내 침대를 슬쩍 바라보고 다른 방으로 간다. 무슨 공작이 벌어지고 있는지 이해하기 위해서는 그리 오랫동안 귀를 기울일 필요도 없다. 가까스로 둔해진 신음과 남자의 그르렁거리는 소리가 나에게까지 들려온다. 원장이 당번들을 이끄는 것이다. 매일 밤, 같은 일이 벌어지고, 그저 이름만 바뀐다. 율리아! 이나! 이제야 설명이 된다. 원장이 한낮에 간호사 한 명에게 입을 맞추는 것을 처음으로 봤을 때(그 광경의 증인은 중환자실에서 나밖에 없지만), 나는 순진하게도 그녀가 그의 부인인 줄로만 믿었다. 의사와 간호사라면, 어쨌든 그렇게 이상한 일은 아니지 않은가. 하지만 모든 간호사가 기계적으로 원장에게 입을 맞추는 모습을 본 이후로, 그것이 이 지역의 관습이라고 생각했다. 에벤인은 같은 공동체에 속한다면 입을 맞추며 인사를 한다고. 매일 밤 반복되는 신음은 이러한 가정을 뒤흔들었다. 이는 분명 또 다른 형태의 알려지지 않은 관습일 것이다. 이 활기라니! 성적인 고찰 덕분에 내 인간적 삶이 기운을 되찾았고, 나는 두 세계 사이에서 빠져나왔다. 매일 밤 다른 이들이 사랑하는 소리를 들으면서 자신을 되찾는 것이란 얼마나 이상한 일인가. 나의 고통이 완화되기 시작했다.

지난 며칠간 내 순종적인 태도에 만족한 간호사들이

드디어 나를 풀어준다. 혹시 튜브를 떼버리진 않을 거죠? 그럼요, 아무것도 건드리지 않을게요. 그저 형태가 어땠는지를 기억하기 위해서 내 몸만 만져볼게요. 그리고 그날 나는 또 다른 승리를 끌어낸다. 간호사가 호흡을 돕기 위한 교향곡을 꺼달라는 요청을 수락한 것이다. 해방이다.

나의 행실에 만족한 다른 (남자) 의사들이 매의 눈으로 자기 생존자를 감시하는 원장과 함께 여전히 나를 보러 온다. 우리는 이야기를 나눈다. 그들은 내 머리맡이나 발치에 서 있고, 침대에 누워 있는 나는 가슴을 가리기 위해 얇은 이불을 최대한 끌어 올린다. 나는 의심할 바 없이 많이 회복한 모양이다. 그런데도 그들은 내 소지품을, 특히 내 휴대전화를 돌려주지 않는다. 병원에서는 금지된 사항이라고 못 박는다. 나는 그들에게 지루해 죽을 것 같다고 호소한다. 시간을 때울 만한 거 없어요? 아무거나, 낡은 책이라도요. 의사 한 명이 고민하더니 의사와 환자, 러시아 의료진에 대한 농담이 담긴 책을 한 권 들고 온다. 표지는 검고 글자는 상당히 크게 인쇄되어 있는데, 제목이 무엇인지는 잊었다. 미안해요, 여기에 있는 거라곤 이것뿐이라……. 그는 난처해한다. 괜찮아요, 사실 이보다 더 완벽할 수는 없어요, 읽어볼

게요. 내가 말한다.

그들은 믿지 못한다. 나스틴카가 독서를 한다. 일어난 지 닷새 만에, 곰과 정면으로 맞붙고 닷새 만에, 독서를, 심지어 유머집을 읽는다! 소문이 난 모양인지 병실에 사람들이 줄을 선다. 그들은 책을 펼치고 있는 나를 보러 와서는 책이 재미있는지 묻고, 나는 매번 엄청요, 라고 대답한다. 그들은 나에게 인사와 축하를 하기 위해 들른다. 다음 날 하루가 끝나갈 무렵, 원장이 카트에 작은 텔레비전을 끌고 온다. 그가 말한다. 자, 이걸로 더 재밌는 것을 볼 수 있겠지!

간호사가 침대 발치에 텔레비전을 두고 아무 채널이나 튼 다음, 작은 화면 앞에 나를 혼자 둔다. 나는 넋이 나간 채로 연속된 이미지들을 바라본다. 처음에는 나에게 아무런 인상도 주지 않았으나, 점차 너무나도 터무니없어 내가 보고 있는 것이 무엇인지 정리할 수가 없다. 이 황폐한 페트로파블롭스크의 중환자실에서 내가 우연히 보게 된 영화는 나스틴카(영화 속 그녀의 이름이다)에 대해 얘기하고 있고, 그녀는 숲속에서 애인을 찾지만 발견하지 못하고, 애인을 부르고 또 불러보지만 애인이 저주에 걸려 곰으로 변했다는 것을 모르고, 결국 애인을 만났을 때도 그녀는 그를 알아보지 못한다. 그리고 애인은 그녀에게 보일 수 없다는, 그의 진짜 내면을 보여줄 수 없다는 슬픔으로 죽고 만다.

나는 나와 같은 이름을 가진 이 빨간 망토 소녀를 보며 넋이 나간다. 더는 상대방에게 어떤 말도 할 수 없는 곰이 된 연인과, 사랑하는 연인이 이미 인간이 아닌 다른 가죽을 뒤집어쓰고 있다는 사실을 모르는 소녀가 서로를 뒤쫓는 이야기. 그들은 서로 다른 세계에서 살도록 선고받았고, 더는 서로를 이해할 수 없다. 그들의 영혼, 혹은 그들 내면에 있는 무엇인가는 이제부터 동일한 존재의 표현에 결코 응하지 않는 다른 몸에 갇혔다. 나는 나 자신의 이야기를 생각한다. 내 에벤 이름 마추카matukha*에 대해 생각한다. 내 얼굴에 맞닿은 곰의 키스를, 정면으로 닫히던 곰의 이빨을, 부서진 내 턱을, 부서진 내 머리를, 그의 입안의 어둠을, 축축한 열기로 훅 끼쳐온 숨결을, 엄습하던 이빨이 느슨해지던 순간을, 나를 끝장내지 않은 그 이빨과, 설명할 수 없는 이유로 불현듯 생각을 바꿔 끝내 나를 잡아먹지 않은 나의 곰을 생각한다.

* 에벤어에서 여성형 단어인 '마추카'는 암곰을 뜻한다.

볼을 타고 한 줄기 눈물이 흘러내리고, 내 젖은 눈은 이제 나의 삶만을 반영하는 화면을 계속 응시한다. 나는 거울 앞에 있다. 부조리도, 기묘한 것도, 뜻밖의 우연도 더는 존재하지 않는다. 공명만이 있을 뿐이다.

그 사이 간호사가 들어와 내 침대를 슬쩍 확인하고, 내 공허한 시선 너머 눈물을 알아채고, 화면에 눈길을 준다. 그녀는 난처해하며 입술 언저리를 꾹 다문다. 저런, 하필이면. 그녀가 말한다. 침묵. 끌까요? 끈다.

*

곰이 내 턱 한 조각을 자기 턱 안에 넣고 가버렸기 때문에, 그리고 내 오른쪽 광대뼈를 부러뜨렸기 때문에 곧 수술을 한 번 더 해야 한다. 내가 여기 도착했을 때 의사들은 오른쪽 아래턱 안쪽 부분을 지탱하기 위해서 뼈에 플레이트 하나를 고정했다. 이제 광대뼈를 들어 올려야 한다. 왜 이 수술을 진작 하지 않았는지는 수수께끼지만, 오늘 아침 원장은 내가 곧 중환자실에서 나가서 정상적으로 숨을 쉴 수 있을 거라고, 심지어 혼자서도 식사를 할 수 있을 거라며 입가에 미소를 띤 채 나를 안심시킨다.

내 소지품들, 특히 가족들에게 전화할 수 있도록 휴대전화를 돌려달라고 한 지가 며칠째인데 아무 소식이 없다. 그런데 그날, 원장의 조수가 갑작스럽게 병실에 들어와 내 침대로 다가온다. 샤를이라는 사람 알아요? 갑자기 희망이 되살아나고, 그에게 설명하려고 애를 쓰는 내 입에서 단어들이 두서없이 쏟아진다. 샤를, 내 연구 동지, 내 친구, 사회 인류학 연구소 동료, 내가 처음으로 이곳 캄차카 반도에 왔을 때 같이 온 사람, 너무나도 겁을 먹었을, 지금 우리가 대화를 나누는 이 순간에도 나를 너무나 걱정하고 있을 샤를. 샤를에게 나는 괜찮다고 전해줘요, 내가 죽지 않았다고, 그에게 전해줘요……. 조수가 내 말을 끊는다. 다음에 또 전화하면 전할게요.

다음 날, 조수가 침착한 모습으로 병실에 들어온다. 샤를과 얘기했어요, 당신의 어머니와 오빠가 곧 여기 올 거래요. 나의 부풀고 꿰맨 얼굴 위로 기쁨의 눈물이 흐른다. 내 얼굴은 하루 끝 무렵의 붉은 태양처럼 환하게 빛나고 있을 것이다. 얼마나 그들을 기다렸던지, 내 가슴속 소리 없는 언어들로 대륙과 바다를 넘어 그들을 얼마나 불렀던지. 불쌍한 우리 엄마. 지난 십오 년 동안 알래스카로, 캄차카 반도로, 산으로, 숲으로, 혹은 바다로, 대체로 위험하고 불확실한 상황 속으로 떠나는 딸을 너무나도 걱정했던, 내 가여운 엄마. 나는 처음으로 그녀가 엄마로서 품었던 모든 걱정을 받아들이고, 어쩌면 그녀가 옳았을지도 모른다고 생각한다. 이 열악한 병실 침대에서 엄마의 입장이 되어 생각해보는 일은 아주 해롭고, 도저히 견딜 수가 없다. 살아남기 위해서는 엄마의 마음속으로 침몰하는 짓을 그만둬야 한다. 그만두지 못하면 완전히 무너지고 말 것이다. 나는 올해 내가 다시 떠나기 전에 엄마가 나에게 했던 말을 아주 선명히 기억한다. 자신의 딸이 분해되고 있다는 것을, 어떤 강렬함과 영향력, 매혹만을 예감할 뿐 아무것도 아는 것이 없는 세계로 빨려 들어가는 중이라는 것을 아는 엄마가 약간의 미소도 없이 단호하게 내뱉은 그 문장. 그 말에 나는 분명한 목소리로 "저는 인류학자인걸요"라는 말로 나를 변호했다. 나는 현혹되지 않았고, 그곳에서도 나를 잃지 않을 거고, 나는 나로 남을 거라는 둥 설득의 말을 반복했다. 그러지 않으면 영영 떠나지 못할 것이기에. 거금 몇 달 전, 엄마는 이렇게 말했다. "이번에 네가 돌아오지 않으면 내가 너를 찾으러 갈 거야." 엄마가 프랑스와 시베리아, 캄차카 반도 사이 어딘가에 있다는 것을 알고 나서 나의 심장은 기쁨과 슬픔으로 폭발한다. 나는 엄마에 이어 니엘을 생각한다. 내 보호자 역할을 자처하는 나의 오빠, 그러나 커다란 체구를 지니고도 언제나 나보다 허약했던 나의 형제, 진흙으로 만들어진 연약한 발로 우뚝 선 나의 거인, 스스로는 자각하지 못하는 깊은 감정과 섬세함을 타고난 티탄. 다행히 엄마가 그를 돌봐주고 있으리라. 엄마는 항상 우리 셋 중에 가장 강인할 것이다. 엄마는 많은 전쟁을 겪었고, 아직 아무도 확신할 수는 없지만 이번 전쟁은 죽음이 아닌 탄생으로 귀착한다.

그날 저녁, 중환자실에서의 마지막 날, 예상치 못한 고함이 내 밤을 장식한다. 직원들이 길가에서 상상할 수 없을 만큼 만취한 누군가를 데려온 것이다. 혹은 그가 제 발로 걸어왔을지도 모른다. 누가 알겠는가. 어쨌든 그는 내 옆 병실에 있다. 그의 소리가 들려오고, 나는 그 소리에 주의를 기울인다. 괴상한 넋두리가 이어지다가 새벽녘이 되어서야 멈춘다. 당번 간호사는 원장 의사의 기름진 손길 대신 욕설을 받는다. 복도에서 고함이 나고, 욕지기가 들린다. 문이 세게 닫히고, 옆 병실 남자는 갇힌다. 그리고 그는 노래를 부르기 시작한다. 옛 시절을, 콜호스소련의 집단 농장, 붉은 군대, 젖소, 우유, 순록, 책과 영화, 가죽과 계산대, 보드카를 그리는 울적한 노래가 길게 이어진다. 나는 그의 얼굴을, 중간중간 끊

기면서 흐느끼는 그의 울음에 더 큰 진폭을 주는 고통을 보고 싶다. 그는 어떤 세상을 슬퍼하는 것일까? 지나간 시간을 그리며 우는 그는 몇 살일까? 너무나도 많이, 너무나도 빨리 변한 세계, 그가 포식자로서 성숙해지기도 전에 이미 바스러진 세계를 증언하듯 여기저기 금이 간 소련 시대 건물들의 한가운데를 밀고 솟아난 지 채 오 년도 되지 않는 슈퍼마켓의 희끄무레한 빛 아래에서, 도시에 울퉁불퉁하게 파인 진창길에서 몇 시간 전까지 손에 술병을 들고 비틀거렸을 그를 상상한다.

병실 이웃이 횡설수설하는 것을 들으며 내 정신은 트바이안의 유르트가죽이나 펠트로 만들어 가볍고 쉽게 옮길 수 있는 둥근 천막로 이동한다. 나는 새벽에 순록 가죽 위에 앉아 반쯤 눈을 감고 있는 늙은 바샤를 본다. 그는 아마도 잠에서 깨기 전 우리 몸을 아직 꿈이 지배하고 있는, 두 세계 사이에 머무는 듯하다. Kolkhoz director, krasnaïa armïa, sovkhoz director. 콜호스 감독, 소련 군대, 솝호스소련의 국영농장으로, 반관반민 형식의 집단농장인 콜호스와는 달리 국가에서 운영했다 감독. 그가 천장으로 비치는 새벽빛 아래로 천천히 몸을 흔들며 지치지도 않고 반복한다. 나는 보이지 않는 것들에 대해 말하는 모닥불의 불길과 그날의 저녁을 나직하게 몇 개의 단어로 옮길 줄 알던 바샤를 감싸는 유르트의 반원형 공간과, 가장 멀리 있고 가장 다르며 가장 덜 준비된 인간들의 꿈까지 파고들어온 소련 근대화 사이의 거대한 충격과 충돌에 강한 인상을 받았던 것을 기억한다. 하나의 이야기가 바샤의 심연에서 돌고 돈다. 어떤 기억의 부분, 어떤 만남의 세부 사항, 어떤 사건의 조각일까? 나는 중환자실의 이웃이 에벤인인지, 이텔멘인인지, 코랴크인인지 혹은 러시아인인지 모른다. 하지만 그가 트바이안의 내 오랜 친구가 쏟아냈던 것과 동일한, 무거운 과거를 되뇌고 있다는 것만은 안다.

*

곧 마지막 수술을 할 것이다. 침대 주위로 사람들이 분주히 오간다. 분위기가 활기차다. 적어도 열 명은 넘는 의사와 간호사가 진찰을 돌거나 단순히 살펴보기 위해 병실로 찾아오고, 쾌활한 목소리로 나에게 말을 건다. 이따가 여기서 나가서 일반 병동으로 가는 거 알죠? 그중 한 명이 마취제를 준비하며 말한다. 옷깃을 풀어 가슴에 난 털과 금속 체인을 드러낸 원장이 들어온다. 잘 될 거야. 그가 소매를 걷어 올리면서 말한다. 밝게 빛나는 노란 미소, 윙크. 곰과 만난 이후로 두 번째로 빛들이 요동친다.

다시 깨어났을 때 눈앞에서 펼쳐지고 있는 이상한 광

경 때문에 나는 아직도 마취제에 취해 꿈을 꾸는 줄 알았다. 내 침대 주위의 다른 침대들은 모두 한쪽으로 밀려 있고, 러시아의 로큰롤 소절이 병실에 울린다. 다른 이는 아무도 없고, 오직 걸레질하면서 춤을 추고 목청을 높여 노래를 부르는 간호사 한 명만 보일 뿐이다. 나는 웃기 시작한다. 나스티아, 일어났네요! 그녀가 소리 지른다. 드디어 나가네, 오늘이에요, 여기서 나간다고, 자, 어서 일어나요, 맞아, 더 좋은 소식이 있는데, 곧 사람들이 데리러 올 거래요!

잠시 후 원장이 들어온다. 잘됐어. 그가 말한다. 필요한 조처는 끝났어, 이제 먹을 수도 있을 거야. 그 말대로 정말로 튜브가 사라졌다. 기관절개관도 없고, 내 목에 난 구멍에 그저 테이프만 하나 붙어 있다. 내 상태가 믿기 어려우면서도 전에 없이 행복하다. 밖에 당신을 기다리는 사람이 있어. 그가 말한다. 기다리는 사람? 가족이 벌써? 하지만 너무 이른데……. 그가 답한다. 아니, 그게……. 그는 인상을 쓰며 손으로 얼굴을 가리키며 원을 그린다. 얼굴이 탄 사람? 내가 해석한다. 피부색이 짙은 사람? 맞아, 짙은 사람, 그 사람이 왔어, 출구에서 기다리고 있어, 당신을 보고 싶어 해.

들것을 나르는 사람들이 도착해 병실 밖으로 굴러가

며, 나는 처음으로 지나간 밤들 동안에 상상만 하던 병원 복도와 가구, 다른 병실들을 스쳐 지나간다. 어젯밤에 곡하던 남자는 보이지 않는다. 아쉬운 마음에 그가 곡소리를 하던 병실 앞을 스치며 힐끗 바라보지만 그곳은 비어 있고, 침대 시트는 벗겨져서 땅에 놓인 매트리스 발치에 뭉쳐져 있다. 출구가 가까워지고, 빛이 들것 위로 요동친다. 빛 속으로 나를 맞이하는 첫 번째 얼굴은 안드레이다. 두 팔로 그를 꽉 안으며 울고 그에게 모든 이야기를 해주고 싶지만, 간호사들이 그의 눈에서, 드디어 마주친 이 다정한 시선에서, 친구의 눈길에서 나를 바로 떨어뜨려 놓는다.

병실에서 기다릴게. 그가 멀어지는 나에게 소리친다.

*

안드레이는 약간의 죄책감을 느끼고 있을 것이다. 하지만 며칠 후에 다리아가 주장한 것처럼 이 모든 일을 그의 책임으로 떠넘기는 것은 너무나도 단순한 결론일 것이다. 그렇다고 이 결투가 벌어진 사태에 그를 아예 상관없는 사람 취급하면서 완전한 면죄부를 주는 것도 옳지 않다. 나는 사 년 전, 도착한 지 얼마 지나지 않아 밀코보의 유르트에 있는 그 여름의 나를 떠올린다.

고열 때문에 겹겹이 쌓여 있는 가죽들 위에서, 안드레이와 그가 내온 허브차 앞에서 나는 꼼짝도 할 수 없었다. 이 장소가 네 안에 들어가고 있는 거야, 그러고 나면 너는 더 강해질 거야. 그가 말했다. 나는 이 주를, 어쩌면 삼 주를, 유르트 안에서 그와 함께 동물들의 영혼에 대해, 서로 만나기도 전에 우리를 선택하는 그들에 대해 얘기하면서 보냈다. 나는 곧 회복되었고, 재빨리 떠났다. 그는 계속 나를 곁에 두고 더 많은 것을 가르쳐주고 싶어 했지만, 나는 이야기 속의 숲이 아니라 실제 숲만을 생각했다. 나는 안드레이를 좋아했지만, 그의 마을은 싫어했다. 나는 다리아의 집에 가는 것을 선호했고, 그에게는 선택권을 주지 않았다. 나는 마을과 관광지, 정부와 멀리 떨어져 있는, 다른 삶을 선택한 에벤인들에게로 떠났다. 안드레이는 여기에서 꼼짝도 하지 않았다. 그가 다리아와 그녀의 가족처럼 선주민이긴 하지만, 시간이 지나면서 그의 조각품 아틀리에는 나에게 연구 주제 이상의 것이 되었고, 떠날 때와 마찬가지로 돌아올 때도 나와 그들 세계 사이의 긴장을 완화해주는 감압실이 되었다.

하지만 이번에는 다르다. 나는 나의 장소로 돌아가지 않고, 숲에서 도망치고, 산으로 떠난다. 무엇인가, 본질적인 무엇인가가 잘못된 것처럼 보인다. 안드레이는 그것을 안다, 느낀다. 내가 떠나는 순간에 그는 발톱을 세웠다. 네가 이미 마추카인 건 알고 있지, 나는 아무 말도 덧붙이지 않을게, 다만 위쪽으로 갈 때 이 이름은 짊어지고 가. 그는 내가 고열에 시달릴 때 우리가 나눴던 이야기들을 상기시킨다. 나를 쫓고, 기다리고, 내 존재를 알고 있는 곰의 영혼에 대해 경고한다. 하지만 그는 나를 제지하지 않는다. 화산에 올라가려는 나를 막기 위한 어떠한 행동도 하지 않는다. 바로 이것이 다리아가 그를 책망하는 이유다. 그가 나에 대해, 곰에 대해 아는 것, 그러고도 아무런 행동을 취하지 않은 것. 아무것도, 아무 말도 하지 않았던 것. 아니, 더 정확히 말하자면, 새로운 세계로의 입문을 앞둔 나에게, 파멸을 향해 반항적으로 달려가는 야수에게 모든 것을 말한 것, 살아남으려면 기적이 필요하다고 말한 것. 아니, 사실 그는 아무것도 잘못하지 않았다. 그는 내가 꿈을 맞이할 수 있도록 발걸음을 인도했을 뿐이다.

다리아, 그녀 역시 언제나 알았다. 그녀는 내가 잠들어 있을 때 누가 나를 찾아오는지 알았다. 친근하면서도 적대적이고, 우스꽝스러우면서도 위험하고, 다정하면서도 두려운 내 밤의 곰들에 대해 어느 이른 아침에 그녀에게 말했다. 그녀는 아무 말도 하지 않고 내 말을 들었다. 그녀는 야생 열매 나무에 몸을 굽히고 있는 나와 잎사귀 사이로 삐져나온 내 머리카락을 볼 때마다 매번 웃음을 터뜨리며 이렇게 말한다. 털가죽을 쓰고 있는 것 같네. 그녀는 내 근육질의 몸을 암곰의 몸과 비교한다. 나와 곰 중에 누가 분신의 은신처로 가서 자는 것인지 궁금해한다. 하지만 다리아는 안드레이에게는 없는 것, 안드레이가 절대 가질 수 없는 것을 가지고 있다. 그녀는 어머니다. 육체의 고통, 삶과 죽음을 알고, 사랑하는 이들을 보호하고 그들이 고통받지 않기를 세상 누구보다도 갈망하는 한 여자. 다리아 역시 서로 다른 세계 사이의 틈을 볼 수 있다. 하지만 그녀는 절대로 아이를 친숙한 공간에서 떼어내려 하지 않을 것이고, 아이를 숲에 데려가지 않을 것이고, 너는 여기 있으라고 말하면서 아이 주위로 원을 그리지 않을 것이고, 달이 한 차례 변화할 동안 훗날 스스로를 남자로 만들 관계를 피부 밑에서 엮어내도록 아이를 바깥세상에 내보내는 일도 하지 않을 것이다. 그것은 아버지의 역할이다. 세상에 아이를 두 번째로 던져버리는 것. 나는 청소년기 이후로 아버지를 가진 적이 없다. 안드레이는 어떤 면에서 보자면 이 비어 있던 공간을 차지했고, 부드럽고 자명한 포궁에서 아이를 밀어내는 역할을 맡았다.

그리고 바로 이러한 이유로 다리아는 그를 영원히 미워할 것이다.

병실에서 안드레이는 창문 근처 초록색 식물 옆에, 내 침대를 마주 보는 작은 침대에 앉아 있고, 간호사들은 내가 침대 위에 앉을 수 있도록 도와준다. 우리는 아무 말 없이 서로를 바라본다. 문이 닫히고, 우리만 남겨진다. 그가 말한다. 나스티아, 곰을 용서했어? 다시 침묵. 곰을 용서해야 해. 나는 바로 대답하지 않는다. 내겐 선택의 여지가 없다는 것을 알지만 처음으로 나는 운명에, 연결고리들에, 우리가 향하는 이 모든 불가피한 것들에 저항하고 싶다. 곰을 죽이고 싶었다고, 내 체계 밖으로 곰을 쫓아내고 싶었다고, 내 얼굴을 이렇게 망가뜨려 놓은 것을 무척이나 원망한다고 그에게 소리 지르고 싶다. 그러나 나는 소리 지르지 않고, 아무 말도 하지 않는다. 나는 숨을 몰아쉰다. 그래, 곰을 용서했어.

안드레이는 고개를 숙여 바닥을 바라본다. 검고 긴 머리가 그의 얼굴 왼쪽으로 쏟아지고, 한동안 그렇게 가만히 있던 그에게서 눈물 두 방울이 바닥에 떨어진다. 검고 젖은, 빛나면서 날카로운 두 눈을 들어 그가 나를 바라본다. 곰은 너를 죽이고 싶어 하지 않았어, 곰은 너에게 표식을 남기고 싶어 했어, 너는 이제 미에드카miedka*야, 서로 다른 세상의 경계에서 사는 자.

*

복도에서 부산스러운 소리가 들려온다. 안드레이가 일어나서 문을 열고 눈길을 주더니 내 쪽으로 돌아선다. 도착하셨어, 일어나. 나는 문까지 비틀거리며 걸어 안드레이의 어깨에 몸을 기댄다. 그들이 들어온다. 먼저 들어온 건 엄마다. 엄마의 헝클어진 금발 머리도 일주일 동안의 눈물과 슬픔, 공포로 붓고 충혈된 눈을 다 가리지는 못한다. 오빠는 뒤에 있다. 입술이 떨리고, 근심과 기다림으로 턱은 굳게 다물어져 있다. 엄마는 남아 있는 모든 힘을 다해 나를 품에 끌어안고, 오빠는 우리 둘을 모두 감싸안으며 다른 시선들을 가로막아 우리의 젖은 얼굴을 가려준다. 우리는 함께, 드디어 현실에서 함께 운다. 내 머리는 마치 오래 사용한 공처럼 붉게 부은 흉터와 실밥 자국으로 가득하고, 나는 나처럼 보이지 않는다. 나는 이제 예전 모습과 너무도 달라졌지

* 에벤어에서 '미에드카'는 곰과의 조우에서 살아남은, 곰의 표식을 받은 사람들을 지칭하는 데 사용된다. 이 용어는 이 이름을 가진 자가 이제 반은 인간이고 반은 곰이라는 생각을 나타낸다.

만, 내 영혼의 기질을 이토록 가깝게 느껴본 적이 없다. 내 영혼은 내 몸에 각인되었고, 그것의 구조는 통행과 귀환을 동시에 반영한다.

✶

조금 더 시간이 지난 후 이 초록색 식물이 있는 병실은 서로 너무도 달라서 함께 있는 모습을 상상하기도 어려운 사람들이 곰에 맞선 자 앞에서 대면하는 실험실로 변한다. 다리아와 숲에서 빠져나온 그녀의 아들 이반, 페트로파블롭스크에서 합류하기 위해 빌류친스크 군기지에 남편을 남겨두고 온 다리아의 딸 율리아. 그리고 엄마와 오빠까지. 처음으로 같은 시공간 안에, 불확실하고 유례없는 이 영역에 던져진 이들이 기묘한 가족을 구성한다. 나는 인간인 그들과 저 위, 고도의 툰드라에 존재하는 곰의 세계 사이를 잇는, 이상야릇한 가교가 된다.

✶

얼마 후, 나는 다리아와 이반과 함께 있다. 그때 곰과 있었던 일에 대해서 어떻게 알았어요? 내가 묻는다. 트바이안의 숲에는 전화가 없다. 100킬로미터 안으로는 통신 기지국은 물론이고, 아무것도 없다. 지역의 다른 사냥 기지와 연결하던 라디오도 작동하지 않은 지 벌써 몇 달째다. 다리아가 이마에 맺히는 땀을 손수건으로 닦고, 깍지 낀 두 손에 턱을 대고 목소리를 낮추며 얘기하기 시작한다. 그 특별한 날에 대해. 내가 나의 곰을 맞이하러 달려갔던 그날에 대해. 그들이 화산에서 멀리, 자기들의 숲에 있었던 그날에 대해.

그들은 트바이안 남부에서 몇 킬로미터 떨어진, 이차강 하류에 있는 크루스카찬에 아이들과 함께 있다. 여름 끝 무렵에는 주 사냥 기지보다 그곳에 연어가 더 많이 모여든다. 그곳에는 바닥에 가죽을 깔고 모두가 다닥다닥 붙어서 자는 간소한 오두막 한 채만 있을 뿐이다. 거주지 밑쪽으로는 하천 폭이 넓어지고 물결이 잠잠해지는데, 거기가 그물을 설치하기에 최적의 장소다. 오후 한가운데 그들이 차를 마시고 있는데 이반이 갑자기 벌러덩 넘어지면서 의식을 잃는다. 다리아가 걱정에 사로잡혀 황급히 뺨을 한 대 때리자, 그가 눈을 뜬다. 몇 분이 지나고 나서야 그는 몸을 일으킨다. 나스티아에게 무슨 일이 생겼어요. 그가 말한다. 그는 오두막을 나서 하천으로 내려가 보트에 시동을 걸고, 숲에 있을 때 연락이 가능한 나무 부스로 가기 위해 북쪽으로 100킬로미터 떨어진 마나스 기지로 떠난다. 땅에서 3미터 높이의 나뭇가지에 걸터앉아 휴대전화를 하늘로 향한 채, 그는 내가 아직 요충지인 클리우치에 있을 때 니콜라이에게 대신 써달라고 부탁했던 메시지를 받는다. 나는 헬리콥터를 타기 전에 보건소를 나오면서 내 러시아 휴대전화를 니콜라이에게 주고, 저곳 프랑스와 이곳 캄차카 반도에 있는, 내 두 집의 수호자인 이반과 샤를에게 전화할 것을 부탁했었다. 그 순간의 나는 내가 그들에게 악몽을 선사할 것을 알고 있지만, 죄책감 따위를 생각할 여유가 없다. 그 전투의 순간에는 왜인지 이해하지 못했지만, 나는 처음에는 나의 곰이었던 이 곰이 우리 셋 모두와 관련이 있다는 것을 안다. 이반과 샤를, 그들과 나.

*

샤를에 대해서는 에벤식 애도를 마치고 숲에서 나오던 날이 생각이 난다. 사흘 동안 사냥 기지들을 유랑하며 다리아의 어머니를 드라쿤에 묻은 후, 눈물과 먹먹함, 공허감과 혼미함이 지나고 난 끝에 우리는 사누스 국경 초소에 도착한다. 이곳은 이차 강 지역에 있던 우리의 첫 현장이 끝나는 지점이다. 샤를과 나는 나뭇가지에 얼굴과 팔이 긁히는 좁은 오솔길을 따라 아래쪽 강에서 몸을 씻으러 내려간다. 우리는 물에 닿자마자 목욕재계를 시작한다. 잠시 후 귀가 먹먹할 정도의 으르렁 소리가 들린다. 우리 둘이 놀라 고개를 드는데, 우리를 따라온 샤먼이라는 이름의 하얀 대형견이 하류를 향해 달려간다. 샤를은 나에게 가지 말라고 말한다. 나는 일어난다. 그와 나 사이에 무엇인가 가로막고 있는 것처럼 그의 목소리가 작게 들린다. 모든 감각을 곤두세운 채 나는 개 샤먼을 따라 돌진한다. 관자놀이에서 맥박이 힘껏 뛰는데, 샤먼도 아마 그럴 것이다. 샤먼은 삼십 미터 밑으로 떨어진 곳에서 물 위 경사면에 있는 나무 가장자리에 멈춰선 채 짖고 있었다. 나는 샤먼을 따라 더듬더듬, 거의 기다시피 전진해서 겨우 옆에 가닿는다. 거기서부터 몇 미터 떨어진 곳에, 한 발은 나무에 대고 한 발은 떨어트린 채 서 있는 거대한 암컷 곰이 우리가 있는 방향으로 숨을 내뿜는다. 새끼 곰 두 마리가 어미 곰 뒤에서 노닥거리고 있다. 심장이 폭발할 것만 같지만, 나는 조금 몸을 일으켜 곰을 바라본다. 곰은 이제 나무에서 발을 떼고 몸을 일으켜 우리 둘을 쳐다본 다음, 기다란 포효를 내뱉는다. 나는 개를 바라보고, 개도 나를 바라본다. 나는 밑으로 내려가면서 천천히 뒷걸음질 치고, 곰의 시선에서 벗어나 뒤를 돌아보고, 샤를을 두고 온 웅덩이를 향해 전속력으로 달린다. 샤를과 얼른 재회하기, 그를 그곳에 혼자 두지 않기, 그것이 그때 내가 한 유일한 생각이다. 봤어? 샤를과 다시 만났을 때 그가 묻는다. 응. 내가 숨을 헐떡거리며 대답한다. 미쳤어, 정말. 그가 말한다. 알아. 내가 미소를 지으며 대답한다.

그날 늦은 밤, 문장들이 종이 위를 가로지른다. 파도처럼 밀려오는 명백한 것들, 내 마음속 깊이 충격을 준 것들을 쓴다. 나에겐 두 권의 현장 노트가 있다. 하나는 주간용으로, 세세한 묘사와 대화 혹은 말의 녹취가 어수선한 형태로 한가득 적혀 있다. 집으로 돌아가 체계를 부여하기 전까지는, 상세한 정보의 축적을 정리해서 그것을 토대로 균형적이고 알기 쉬우며 다른 이들과 공유할 수 있는 무엇인가로 만들기 전까지는, 대부분 몹시 난해하다. 다른 한 권은 야간용이다. 여기 적힌 내용은 불완전하고, 파편적이고, 들쭉날쭉하다. 나는 그것을 검은 노트라고 부른다. 그 안에 무엇이 들었는지 정의할 수 없기 때문이다. 주간 노트와 야간 노트는 나를 갉아먹는 이중성의 표현이자, 내 의지와 무관하게 내가 가지고 있는 객관성과 주관성의 상징이다. 그것들은 각각 내면적이고 외면적이다. 나를 관통하는, 그리고 어느 순간 내 몸과 마음의 상태를 드러나게 하는 것 말고는 다른 목적이 없는, 자동적이고, 직접적이고, 충동적이며, 거친 글쓰기. 그리고 후반 작업을 거쳐 무엇인가를 반영할, 그리고 결국 책의 한 부분이 될, 역설적으로 덜 다듬어졌지만, 더 통제된 글쓰기. 곰을 본 그날 밤, 내가 펼친 것은 당연히도 검은 노트다.

2014년 7월 8일

그리고 여전히 이 관통하는 시선은 찰나의 생생한 이미지의 기억으로 채워진다. 몸 안에서 득실거리는 세부 사항의 성좌. 이미 사라졌지만, 공존하는 존재들을 상기시키는 색채의 섬광. 숲, 외로운 포식자, 그들의 분노, 그들의 자긍심, 그들의 경계에 대한 욕망의 환영. 예상치 못한, 설명될 수 없는, 사실 같지 않은, 하지만 일어나게 될 만남의 긴장. 왜냐하면 혼자서는 그들은 자신을 잃고, 혼자서는 그들은 고립되고, 혼자서는 그들은 소멸되기 때문이다. 시선의 교차는 마주한 자의 타자성에 자신을 투사하면서, 자신에게서 자신을 구한다. 시선의 교차는 그들을 살아 있게 한다.

그날 밤, 검은 노트를 닫으면서 나는 헤드 랜턴을 끄고 눈을 뜬 채로 어둠 속에 누워 주위의 숨소리를 듣는다. 무슨 일이 벌어지고 있는가? 나는 마음의 동요를 기억한다. 나는 내가 모르는 무엇인가가 되어가는 중이다. 그것은 나를 통해 말한다.

이반에 대해서 말해보자면, 우리의 첫 만남이 떠오른다. 밖에는 장대비가 내리고 있고, 샤를과 나는 이차 강의 마나스에 막 도착하는데, 때는 2014년 6월이다. 비가 잠잠해져서 외출할 수 있기를 바라며 유르트에서 기다린 지 사흘이 지났다. 매우 지루하다. 노트에 이것저것 적어보지만, 아무런 흥미로운 생각도 나지 않고, 단어는 비어 있고, 의미는 더 공허하다. 어쨌든 적어둘 만한 일은 아무것도 일어나지 않는다. 오후의 끝 무렵. 일로는 잉걸불에서 끓고 있는 개들의 아파나apana*를 건성건성 젓고 있다. 찻주전자에서 뿜어져 나온 김이 천천히 위쪽의 뚫린 공간으로 올라간다. 빗물이 천막을 때리는 소리에 귀가 멍하고 정신이 나갈 것만 같다. 나는

* 아파나는 에벤인들이 개를 위해 준비하는 음식이다. 생선 머리, 뼈, 내장, 남은 음식, 감자 등 인간이 먹지 않는 모든 것을 넣는다. 이 음식은 하루 종일 불 위에서 끓으며 조리된다.

그 순간 유르트의 한쪽 자락이 지붕 왼쪽으로 재빠르게 접히는 모습과, 비에 흠뻑 젖은 주황색 방수복을 입고 들어오는 남자를 아주 선명하게 기억한다. 그가 입가에 미소를 띈 채 Zdorovo안녕하십니까라고 말한다. 그는 유르트 안에 있는 사람들을 훑어보다가 두 이방인을 발견하고, 나를 뚫어져라 쳐다본다. 무엇인가가 나를 급습한다. 그의 시선을 받으며 나는 생각한다.

*

샤를은 우리와 함께 페트로파블롭스크에 있지는 않지만, 그 존재감은 매우 크다. 그는 행정적인 통화를 담당하고, 곧 프랑스 병원으로 나를 이송하기 위해 내가 여기 러시아에서 받은 수술에 관련된 서류를 번역한다. 샤를은 밤을 꼬박 새우고, 나는 마음속으로 그의 고통을 느낀다. 마침내 돌려받은 러시아 휴대전화로 샤를이 전화를 건다. 그는 울면서 내가 죽어서는 안 된다고, 죽을 수 없다고 반복한다. 나 안 죽었어! 나는 태어났어. 나는 엄마에게, 오빠에게 했던 것처럼 그에게도 이렇게 말하고, 그들은 모두 내가 곧 이성을 되찾고 이 뒤섞인 영혼과 영적인 꿈에 대해 잊기를 바라며 그래, 그래, 하고 대답한다. 설명하기 어려운 것이 사실이다. 아직도 내 머릿속은 뒤죽박죽이고, 무슨 일이 일어났는지, 무슨 일이 일어나고 있는지 정확한 단어로 묘사하는 것이 쉽지 않다. 그때는 몰랐지만, 그들의 몰이해는 프랑스에서 나를 기다리고 있는 일의 맛보기일 뿐이었다.

다리아가 이반과 나 둘만 남겨두고 떠난다. 이반은 나를 껴안고 내 어깨 위에서 소리 없이 운다. 그의 눈물이 내 목으로 흘러내린다. 가지 말라고 했을 때 왜 내 말을 안 들었던 거야? 트바이안에서 우리와 함께 있을 수도 있었는데 왜 위쪽으로 떠난 거야? 어떤 언어로도 번역될 수 없는, 언제나 똑같은 대답이 뒤를 잇는다. 내 꿈을 맞이하러 가야만 했어. 그리고 이어지는 똑같은 좌절감.

간호사 한 명이 병실로 들어온다. 나스티아, 당신을 찾아온 사람이 있어. FSB, 러시아 연방보안국 요원이 유니폼을 입고, 군모를 쓰고, 허리띠에는 총을 찬 채 간호사를 따라 들어온다. 수사를 위해 협조해야 할 거예요, 아가씨. 그가 문을 닫으며 말한다. 병실에 남아 있던 이반이 안쪽에 있는 작은 화장실 구석으로 가서 쭈그리고 앉는다. 그림자 안으로 사라진다. 나는 그를 바라보고, 사누스의 툰드라에서 우리가 작별 인사를 했던 날을 생각한다. 나는 더 멀리는 안 가. 그가 말했다. 류바와 어린 니키타와 나는 300킬로미터 떨어진 밀코보 마을로 이어지는 길로 가기 위해서, 이틀간의 배 여정을 마치고 계속 걸을 예정이었다. 세면대와 샤워부스 사이 어두운 구석에 앉아 있는 오늘처럼, 이반은 숲 경계로 난 고사리 위로 쭈그리고 앉아 담배를 한 대 꺼낸 다음, 황폐한 툰드라에서 그에게 속하지 않은 다른 세상으로 걸어가는 우리를 바라봤다. 아무런 움직임도 없이 그 자리를 지키고 선 그의 실루엣이 오랫동안 보였다. 끝내 작은 초록색 점이 된 그는 몸을 일으키더니 하천을 따라 이어진 나무들 사이로 사라졌다.

FSB 요원은 다른 사람들이 모두 그랬던 것처럼 내 앞에 놓인 작은 침대에 자리를 잡고 질문을 시작한다. 그는 두 가지를 이해하기 위해 나를 찾아왔다. 첫 번째로, 이 젊은 프랑스 여자는 그녀를 따라온 두 명의 러시아인과 함께 얼음이 덮인 화산 비탈을 혼자 힘으로 내려오면서 클리우치 즉 군사 요충지에서 무슨 짓을 하고 있었나? 두 번째, 어떻게 이 외국인이 곰의 공격에서 살아남을 수 있었는가, 증언에 의하면 자신을 방어하기 위해 곰의 오른쪽 옆구리에 등반용 얼음도끼를 휘둘렀다는데? 무엇보다 해명해야 할 핵심적인 질문은 다음의 것이다. 당신은 이 지역의 러시아 군사 시설을 정찰하기 위해 프랑스에서(혹은 더 최악으로 미국에서) 파견된 고도로 훈련을 받은 비밀 요원인가? 나에게 일어났던 일을 그대로 나열하는 것은 그다지 유리해 보이지 않는다. FSB 요원은 보고서에 내가 이곳에 오기 전에 알래스카에서도 오랫동안 일했고, 캄차카 반도에 연구자 비자로 들어왔으며(그것이 내 상황을 더 낫게 하지는 못했다), 최후로 남은 에벤인 사냥꾼들이 거의 자급자족으로 살아가는 비스트린스키 남쪽의 비행이 금지된 군사지역에서 대부분의 시간을 보냈다는 기록이 있다고 덧붙인다. 거기서 뭘 하고 있었죠? 그가 건조하게 묻는다. 이반이 샤워부스 뒤쪽에서 몸을 조금 더 웅크린다. 내가 대답한다. 연구요, 민족지학 연구. 내가 간첩이 아니라는 것, 믿기 어렵지만 내가 살아남을 수 있었던 요인에 전쟁이나 간첩 행위는 없었다는 사실을 요원이 받아들이기까지는 세 시간이 넘게 걸렸다.

*

며칠이 지나고, 기묘한 행렬이 시작된다. 인간은 석화가 바위에 달라붙는 것처럼 타인의 고통에 집착하는 기벽이 있다. 사람들은 어떤 사건이 마침내 자기 자신과 대면하게 한 것처럼, 피부밑과 장기 속에 너무나 오랫동안 묻혀 있던 감정을, 너무나도 진실한 나머지 감당하기엔 너무나도 무거워진 감정을 다시 표면으로 끄집어낸 것처럼 행동한다. 그리고 이를 해소하기 위한 가장 적절한 방법은 이 내면의 동요를 초래한 주동자에게 감정들을 곧바로 돌려주는 것 같다. 이 경우에 그 대상은 나다. 나는 나를 보러 복도 입구에 나타난 모르는 사람들을, 그들이 가져온 작은 선물들을, 그들이 내 고통에 얼마나 공감하는지 고백하는 모습을 지켜봤다. 대부분의 경우 나는 터져 나오려는 비명을, 부글거리는 속을 참아야 했다. 한순간에 얼굴이 훼손된 스물아홉 살의 여성이 고립과 평온과 침묵을 원한다는 것을 왜 아무도 이해하지 못하는지 매번 자문했다. 나는 간호사에게 병실을 찾아오는 사람들을 다 들여보내지 말고 내 지인들만 들여보내달라고 애원했다. 내 간청은 간호사를 당황시킬 뿐이었다. 나의 '지인들'은 서로 닮지도 않았고, 같은 언어를 쓰지도 않고, 같은 세상에 살지도 않기 때문이다. 어느 날 저녁, 나에게 일주일 전부터 카차kacha*를 가져다주던 간호사가 웃으며 말한다. 나스

* 전형적인 러시아식 죽으로 메밀과 우유를 넣어 만든다.

티아, 누가 보면 이 병실에 두 명의 다른 사람이 있는지 알겠어요!

시간이 천천히 흐른다. 매일 여자들이 전문적인 손길로 내 머리를 감고 있는 붕대를 풀고, 꿰맨 부위를 소독하고, 새 붕대를 감는다. 그러던 나날의 어느 오후에 간호보조사 중에서 가장 친절한 이가 내 머리를 부드럽게 쓰다듬으며 말한다. 나스티아, 대머리는 안 될 거예요. 나는 간신히 웃음을 참는데, 이는 아마도 긴장 때문일 것이다. 나는 '대머리가 되는 것'이 나에게 일어날 수도 있는 일 중 하나라는 것을 명확하게 이해하지 못하고 있었다.

수술 경과가 좋다. 우리는 프랑스로 돌아가기 위해 짐을 싼다. 엄마와 나는 내 작은 침대에 서로 기대고 앉아서 내가 어떤 병원으로 이송되는 것이 나을지, 어떤 구강악안면외과를, 어떤 외과의를 선택해야 할지 의논하며 몇 시간을 보낸다. 우리는 오랫동안 고민한 후 파리의 살페트리에르 병원으로 결정한다. 내 남동생 티보와 언니 그웬돌린, 그리고 샤를도 그곳에 살고, 셋 모두가 전화기 너머로 그렇게 하도록 부추긴다. 우리는 이 논의 사항 전부를 되짚고, 몇 시간 동안 장단점을 비교

하다가, 어느 순간 손을 놓는다. 엄마와 나는 더 멀리 생각할 힘이 없다. 그때 만약 내가 알았다면 모든 것이 달라졌을 것이다. 아니 어쩌면 아닐지도. 뭐가 되었든 뒤로 돌아가기엔 너무 늦었다.

*

출발하는 날, 구급차가 나를 공항으로 이송한다. 들것을 운반하는 사람들이 밖으로 나가는 것을 금지했기 때문에 나는 차 안에서 계속 기다려야 한다. 밖에는 다리아와 이반이 아스팔트를 밟고 꼿꼿이 서 있다. 나는 그들을 아주 잠깐만이라도 들어오게 할 수 없는지 운전기사를 설득한다. 그가 호의를 베푼다. 둘이 차 안으로 들어오고 우리는 함께 운다. 매번 그러듯 다리아가 먼저 침착함을 되찾는다. 그녀는 누구보다도 삶의 고통을 잘 알고 있다. 나는 어느 여름날 저녁, 트바이안의 유르트에서 불 위로 보이던 그녀의 아름다운 얼굴을 생각한다. 아이들은 가죽 위에서 잠이 들었고 어른들은 밖에서 담배를 피우며 활기찬 대화를 하고 있다. 그녀가 목소리를 낮추고, 거의 속삭이듯이 다섯 아이의 두 아버지에 대해, 그녀의 두 남편의 죽음에 대해 말한다. 첫 번째는 콜호스의 노동에서, 두 번째는 소비에트 붕괴 이후의 난투와 범죄에서 살아남지 못했다. 나는 그녀가 그려내는 폭력적인 죽음에 놀랐던 것을 기억한다. 그녀가 곰을 볼 때마다 바다로 휩쓸려갔던 두 번째 남편이 돌아와 인사를 하는 것은 아닐지 생각한다고 했을 때 울고 싶었던 것을 기억한다. 그리고 불가피하게 내가 떠나보내야 했던 사람들을 떠올리고 그들은 이제 어디 있을지, 그들 역시 나를 볼 수 있을지 그려보았던 것을 기억한다. 오늘도 그 저녁때처럼 그녀가 반복한다. Ni nado plakat Nastia. 울지마. Vsio boudet khorocho. 다 잘될 거야. 그리고 덧붙인다. 삶을 이어가기 위해서는 나쁜 것들을 생각하면 안 돼, 기억해야 할 것은 오직 사랑뿐이야.

*

비행에 대해서는 상당히 불쾌하고 단편적인 기억만이 남아 있다. 상처에 관련된 고통을 제외하고서라도 나는 꽤 낙심해 있었다. 생애 최초의 일등석 여행이건만 나는 샴페인도 훈제 연어도 즐길 수 없는데, 옆자리에 앉은 오빠는 잔뜩 먹는다. 실내 기압을 유지하기 위한 조치 때문에 내 상처는 벌어졌고, 오른쪽 뺨에 피가 맺힌다. 엄마의 뺨 위로 눈물이 흐른다. 그녀는 손수건을 꺼내 핏방울을 훔친다. 엄마는 강한 사람이라고, 나는 생각한다. 그리고 모스크바에서의 한 장면. 오십 대의 남자가 내 휠체어를 밀다가(비록 내가 걷는 것을 선호하기는 하지만, 엄마가 "이번만큼은 아무런 의의도 제기하지 말고 얌전히 있으라"고 애원했다), 두건으로 얼굴을 꽁꽁 싸맨 내게 호기심을 느꼈는지 이렇게 묻는다. 캄차카에서 왔군요…… 산에서 추락했나요? 나는 잠깐의 침묵을 만끽한 후에 대답한다. 아니요, 곰과 싸웠어요.

겨울

살페트리에르 병원. 내 안식처가 돼야 했을, 그러나 결국은 지옥으로 추락시키는 낭떠러지가 된 이 장소의 기억들을 어떻게 다시 짜맞출 수 있을까? 아무래도 순서대로 해야겠지. 사람들이 나를 혼자 두자마자 나는 화장실로 들어가 머리를 두르고 있던 붕대를 푼다. 나는 아직 내 머리를 보지 못했다. 얇은 망사가 주황색 리놀륨 바닥으로 떨어진다. 나는 일단 바닥을 바라본다. 그리고 천천히 눈을 들어 올리고, 거울을 응시한다. 내 머리카락은 사내아이처럼 바짝 잘려 있다. 얼굴의 빨간 상처는 아직도 조금 부어 있고, 두피의 상처는 자라나는 어두운 솜털 아래에서 희미해지는 중이다. 바닥으로 주저앉아 눈물이 하염없이 흐르도록 내버려둔다. 나는 버림받은 소녀처럼 울고, 피할 수 없었던 모든 것 때문에 울고, 나의 곰을, 잃어버린 예전의 얼굴을, 그리고 역시나 잃어버린 것이 확실한 내 이전의 삶을 생각하며 울고, 더는 절대로 같지 않을 모든 것을 생각하며 운다. 손바닥으로 바짝 잘린 머리카락을 쓸어본다. 낯설고 간지러운 촉감 때문에 자꾸만 매만지고 싶다. 나는 삶을 기억해낸다. 일어나서 다시 한번 거울을 바라보고, 몸을 돌려 화장실의 손잡이를 붙잡고, 이 얼굴로 병원에 가겠다고 결심한다.

*

살페트리에르 병원에 내 몸을 매개로 들이닥친 존재는 바로 곰이다. 그것도 러시아 곰. 병원 관계자들은 가능한 한 모든 보안과 예방 조치를 취한다. 나는 격리되었다. 페트로파블롭스크의 초록 식물과 카차는 먼 일이 되었고, 여기는 위생과 보안에 매우 철저하다. 간호사는 병실에 들어올 때마다 매번 파란색 종이옷을 입었다가 나가면서 버린다. 그 재질은 부직포다. 이 분야에서 오랫동안 일한 엄마의 배우자가 나에게 알려줬다. 간호조무사 역시 장갑을 낀다. 실내화와 마스크도 착용한다. 그리고 내 지인들에게도 똑같이 하라고 시키지만, 다행히도 그들은 그 지시에 따르지 않고, 나를 위해 부직포와 마스크의 폭력에 대항한다. 나는 마치 포획되어 자세히 관찰되기 위해 창백한 형광등 아래 놓인 야생동물이 된 것 같다. 내 안의 모든 것이 절규한다. 할로겐램프의 하얀 불빛이 내 눈과 피부를 불태운다. 나는 사라지고 싶다. 태양도 전기도 없는 북극의 밤으로 돌아가고 싶다. 촛불들을 생각한다. 만약 내가 숨을 수만 있다면, 아주 잠시라도 내 몸을 숨길 수만 있다면 모든 것이 더 편안해질 것이다. 밤이 되어서야, 마침내 모든 빛이 꺼지고 오고 가는 것들이 멈춰질 때가 되어서야 기력을 되찾는다. 나는 어둠 속 한 점을 응시하고, 땅 아래로 내려가 나의 곰과 이야기한다.

*

면회 시간에, 특히 입원 초기에 문병객들이 나를 찾았다. 내 동생 티보는 자신이 작업한 마지막 다큐멘터리들에 대해 들려주고, 그중 일부분을 보여주고, 패션프루트가 들어간 밀크셰이크를 가져다준다. 내 언니 그웬돌린은 내 곁에 있기 위해서 하루에 몇 시간 동안 사무실을 살페트리에르 병원 복도로 옮겨놓고 일한다. 나는 병실 문 앞에서 서성이는 언니의 구두 굽 소리를 듣는다. 언니는 무선 이어폰을 착용하고 프랑스 국유 철도에 대한 매우 중요한 결정을 내리고 있을 것이다. 샤를도 자주 나를 보러 온다. 그는 먼저 사회인류학 연구실의 일원들이 쓴 엽서를 나에게 가져다줬다. 그리고 올 때마다 최근에 참석했던 흥미로운 강연을 묘사하고, 연구실 동료들의 분쟁에 대해 들려준다. 나는 마치 내가 유리막 너머에 있는 것처럼 그의 말을 듣는다. 그의 목소리는 멀리서 들리는 것 같다. 나는 밧줄이 풀린 작은 선박에서 가차 없이 멀어지는 해안을 바라보는 상상을 한다. 배는 후미를 앞으로 한 채 물길에 휩쓸려가고, 나는 육지에 머무는 지인들의 실루엣을 알아보지만, 그들과 나 사이에서 커지는 거리를 지울 수도, 좁힐 수도 없다.

나는 샤를에게 앞으로 나를 보러 오지 말라고 말한다. 그는 내 요구에 슬퍼한다. 내 요구가 정당하지 않다고 느끼는 것 같다. 미안해. 이것이 내가 그에게 할 수 있는 말의 전부다. 어떠한 설명도, 적절하거나 이해시킬 만한 아무런 이유도 떠오르지 않는다. 나는 그저 관계를 끊는다. 그와의 관계뿐만이 아니라 다른 모든 친구와도. 나는 연락에 더는 답하지 않는다.

*

학자로서 나는 이해할 수 있다. 연구 주제를 학생들과 공유하고 참여시키는 것, 지식의 범위를 넓히기 위해 모든 기회를 이용하는 것, 특정한 대상을 주제로 토론하는 것 모두. 오늘 그 대상이 나라는 사실만 빼면. 의대생들이 여왕벌을 따르는 벌들처럼 교수를 따라 내 병실에 들어온다. 나와 비슷한 또래이거나 겨우 몇 살 더 어릴 뿐인 학생들이 공책을 손에 들고, 흰 가운을 입고, 학구적인 눈빛으로 나의 사례를 설명하는 교수에게 집중한다. 얼굴과 머리에 곰에게 물린 자국, 오른쪽 아래턱 부분의 골절, 오른쪽 광대뼈의 골절, 얼굴과 머리에 난 다수의 상처, 오른쪽 다리에 물린 자국. 그들이 메모를 하는 동안, 나는 그들을 하나하나 관찰한다. 그들은 매우 깨끗하고, 단정하고, 흰 가운을 걸친 몸에서는 빛이 나는 것 같다. 그런데 나는? 여기 도착하고 나서 나를 보러 온 한 지인이 뱉었던, 그다지 섬세하지 않은 말이 떠오른다. 더 최악의 상황이 닥칠 수도 있었어, 너는 소련의 강제노동수용소에서 막 나온 사람처럼 보일 뿐이야. 그들의 시선에서 나를 보호하기 위해 베일로 얼굴을 감싸고 싶은 마음이 굴뚝같다. 그들이 오늘 저녁 친구들에게 두개악안면외과에 송환된 '곰의 여자' 이야기를 하는 소리가 들리는 것 같다. 나는 이미 혼자 상상한 반응을 억누르려고 애쓴다. 얼굴이 다 망가졌어, 불쌍하기도 하지, 전에는 분명 예뻤을 텐데 말이야.

*

다음 날, 병원의 심리치료사가 나를 찾아온다. 각지

고 낮은 굽의 구두, 몸에 꼭 맞는 치마, 하얀 블라우스, 쪽진 금발 머리. 마르탱 씨, 안녕하세요. 일상적인 격식이 뒤따르고, 그녀는 내가 '심리적으로' 어떻게 느끼는지 묻는다. 나는 마지못해 내 정신이 분명 내 피부와 뼈처럼 찢기고, 부서지고, 쪼개졌을 것이라고 대답한다. 그리고요? 나는 미소를 지으려고 애쓴다. 살아 있는 것이 느껴져요. 그녀는 다정한 선의의 눈빛으로 나를 살펴본다. 그런데 진짜로는요, 어떠세요? 그녀가 끈질기게 묻는다. 침묵이 이어지고, 그녀가 다시 말한다. 왜냐면요, 얼굴이라는 게 말이죠, 정체성이거든요. 나는 얼이 빠진 채 그녀를 바라본다. 생각들이 갑자기 과열된 머릿속에서 서로 충돌한다. 나는 그녀가 살페트리에르 병원 구강악안면외과의 모든 환자에게 이런 종류의 설명을 읊고 다니는지 묻는다. 그녀가 당황해서 눈썹을 치켜뜬다. 그녀에게 내가 몇 년 전부터 이러한 일방적이고, 일률적이고, 일차원적인 정체성의 개념을 전복하기 위해서 하나의 몸 안에 거주하는 다수의 존재에 대한 이야기를 수집하고 있다고 설명하고 싶다. 특히 앞에 있는 사람이 좋든 싫든 단일성의 형태를 반영하던 것을 잃고 이제는 얼굴의 일부분이 된 다른 요소들로 자신을 재구성하려고 애를 쓰고 있을 때, 이와 같은 선고를 하는 것이 얼마나 많은 고통을 초래하는지에 대해서도 말하고 싶다. 하지만 나는 그 말을 꾹 참는다. 나는 예의를 갖춰 이렇게 말할 뿐이다. 그것보단 더 복잡할 것 같은데요. 그리고, 이 말이 새버리고 만다. 병실 창문이 열리지 않는 게 다행이네요…… 얼굴이 망가진 사람의 잃어버린 정체성, 꽤 폭력적인 말인걸요. 기대했던 것과는 달리 그녀는 나에게 다시 한번 미소를 짓는다. 농담을 하네, 좋은 신호야, 라고 그녀는 생각했을 것이다. 그녀는 샛길로 빠지지 않는다. 내가 밤에 잠을 자긴 하는가? 그녀는 내가 고백하기를 바라는 것 같다. 내가 두려움을, 야수를, 그의 주둥이를, 그의 이빨을, 그의 발톱을, 또는 나도 모르는 무엇인가를 떠올리기를. 이번에는 내가 그녀에게 미소를 짓는다. 그녀는 악의를 가지지 않았고, 무능력한 것도 아니다. 그저 엇나가 있다. 나와는 다른 곳에 있을 뿐이다. 내가 밤에는 모든 것이 괜찮다고 단언하자, 그녀의 눈이 휘둥그레진다. 정말이에요, 밤에는 더 선명히 보여요, 저 너머를 보거든요, 낮 동안의 즉각적인 감각을 넘어선 그 너머를요.

꿈은 꾸는지? 어떻게 설명할까. 네, 항상요, 하지만 꿈을 꾸기 전에 다른 것을 해요, 나는 기억해요, 나는 매일 밤, 잠에 들기 전에 그 장면을, 내 삶이 전복되기 전의 시간들을 다시 떠올려요.

*

우리는 손에 마체테를 들고 하루 종일 숲을 걷고 난 후, 빈터에 텐트를 친다. 그날 아침 우리는 큰길로 떠났으나 그 길은 곧 오솔길이 되었고, 조금 지나서는 복잡하게 뒤얽힌 덤불숲이 되었다. 이 덤불숲을 빠져나가기 위해서는 날이 다시 밝기를 기다려야 할 것이고, 우리는 클리우치의 거대한 침엽수림지대를 뒤로한 채 드디어 화산을 향해 올라갈 것이다. 멀리서 눈 덮인 봉우리가 간헐적으로 모습을 드러낸다. 우리는 밤을 보내기 위한 야영 준비를 마치고 불을 지핀다. 주위의 나무들 위로 그림자가 춤춘다. 그날은 캄차카 반도의 가장 높은 화산인 클류쳅스카야 산에서 이 주로 예정되어 있던 여정의 첫째 날이다. 그날 밤, 근처의 산들을 생각하며 잠이 드는데, 잠이 내게 곰을 데려온다. 그들은 텐트 가까이서 어슬렁거리고 불 주위를 맴돈다. 갈색 털을 빛내는, 거대하고 위협적인 곰들. 나는 공포에 떨며 땀에 젖은 채로 잠에서 깨어난다. 이 이미지를 뒤쪽 숲속에 두고 왔다고 생각했고 완전히 떨쳐낼 수 있기를 원했지만, 이들은 여전히 나와 함께한다. 다음 이틀 동안 나는 복통에 시달리며 걷고, 또 걷고, 더는 그들을 떠올리지 않는다. 그리고 지나간다. 밤의 환영은 언제나 지나가기 마련이고 우리는 그것을 잊어버린다. 하지만 이는 그것이 존재하기를 멈춘다는 뜻은 아니다.

초목이 듬성듬성해지고, 이제 나무가 보이지 않는다. 키가 큰 양치식물 사이로 나아간다. 300미터의 표고 차, 우리는 오리나무 사이로 길을 내며 걷는다. 우리의 선발대는 사람이 아니라 곰이다. 앞서간 그의 흔적에서 작은 야생 열매가 가득 섞인 배설물이 발견된다. 500미터가 지나자 초목도, 흔적도 사라진다. 나는 생각한다. 마침내, 우리는 살아 있는 모든 것을 뒤로하고 떠난다. 시야가 탁 트여 넓게 퍼진 암석들이 보인다. 지평선에는 아무도 보이지 않는다. 조금 낮은 쪽에 짐의 무게 때문에 등을 굽힌 채 걷고 있는 니콜라이와 라나만이 보일 뿐이다. 숨을 제대로 쉬고 있다는 느낌을 받고, 나는 허공에 기쁨의 환호를 지른다. 이 상태는 며칠 계속된다. 미소를 띤 입가, 경쾌함, 점점 좋아지는 컨디션, 올라갈수록 예민해지는 감각. 높은 산이 주는 도취감이 있다. 모든 것에서 멀어지는 강렬한 행복. 그리고 바로 그 뒤에는 항상 시련이 우리를 기다린다.

라나가 메고 있는 배낭을 버거워한다. 니콜라이와 나는 그녀의 짐을 나눠 최대한 가볍게 해보려 했지만, 우리 가방에도 더는 공간이 없다. 3000미터 해발의 카멘 산과 클류쳅스카야 산 사이 고개에 가닿기 위해 나는 내 가방을 바위에 올려두고 라나 옆까지 내려가서 그녀의 가방을 메고 다시 올라온다. 우리는 그렇게, 200미터씩 구간을 나누어 나간다. 내가 도대체 무슨 상황에 처한 것일까? 숨을 멎게 하는 풍경과 내 살갗에 다시 숨결을 불어넣는 차가운 공기에도 불구하고, 나는 뱃속 깊은 곳에서부터 조금씩 짜증이 올라오는 것을 느낀다. 카멘 산 등반 후 고개에서는 폭풍우를 만난다. 우리는 빙하를 내려갈 수 있도록 안개가 걷히기를 사흘, 나흘을 기다리지만 상황은 나아지지 않는다. 식료품은 이주가 조금 넘는 시간을 기준으로 계산되었고, 만약 내일 움직이지 않는다면 돌아갈 때까지 식량이 충분하지 않을 것이다. 여전히 하얀 풍경에 파묻힌 채로, 나는 결정을 내렸다. 우리는 떠날 것이다. 우리는 서로를 로프로 연결하고, GPS를 꺼내 다음 지점 표시를 활성화한다. 내 시선은 밑으로 보이는 안개 속 어딘가로 사라진다. 눈이 많이 왔고, 크레바스는 부분적으로 덮여 있다. 나는 농무 안으로 길을 내며 신중하게 하산을 시작한다. 로프를 당겨! 내 발밑으로 눈다리가 무너지는 소리가 들린다. 로프를 당겨! 두꺼운 안개를 향해 소리를 지르고, 어깨끈에 전해오는 가벼운 압박감을 통해 30미터 위에 있는 니콜라이가 내 말을 알아듣고 로프를 감고 있다는 것을 알아챘다. 오른쪽, 왼쪽, 오른쪽, 앞. 나는 움푹 꺼진 곳을 모두 피해 갈지자를 그리며 나아가고, 진행은 더디지만 우리는 어쨌든 내려간다. 어느 순간 안개가 걷힌다. 눈이 열어지고, 화산재로 더러워진 빙하 위로 이슬비가 내린다. 드디어 뚜렷해진 크레바스가 나타난다. 나는 숨을 쉰다.

그다음은 미궁 속 미노타우로스의 이야기다. 얼음과 폭발한 용암으로 이루어진 지옥 같은 계곡의 미로. 나는 너무 깊이 생각하지 않고, 물의 흐름을 따라 가장 합리적인 길을 찾는다. 발이 자꾸만 화산재 안으로 파묻히거나 검은 얼음판 위로 미끄러지지만, 그런 일에 개의치 않고 과거의 연인이 보내던 눈짓이나 친구의 박장대소 같은 인생의 사소한 순간을 떠올린다. 그리고 무엇보다도, 잠시 휴식을 취할 때 나는 농담을 한다. 니콜라이와 라나는 어리둥절한 표정으로 나를 바라보지만, 나는 간신히 그들의 얼굴에 미소를 몇 번 불러온다. 극한의 상황에서 유머는 반론의 여지가 없는 구제책이다. 유머는 생존의 길을 열어준다. 서른 시간을 쉬지 않고 하산한 결과, 우리는 드디어 카오스를 벗어난다. 하지만 하류의 크레바스를 향해 거세게 흐르는, 폭 5미터에 깊이가 50미터까지 달하는 빙하 강을 건너는 일이 남았다. 공포심에 높아진 목청으로 몇 번의 언쟁을 거친 후에 우리는 강을 건넌다. 강 건너편에 도달해 바닥에 드러눕자 조금도 움직이고 싶지 않다는 간절한 욕구가 든다. 그날 저녁, 내 '이전 삶'의 마지막 날, 나는 숲의 영향에서 아주 잠시라도 나를 지켜내야 했을 이 모험의 이유에 대해 생각한다. 나는 지쳤고, 기진맥진하다. 우리는 스펄트와 작은 잔을 꺼낸다. 빙퇴석 한가운데에 친 텐트에서 우리는 건배한다. 그동안 잘했어, 곧 끝날 거야. 그리고 나는 밤을 거의 뜬눈으로 지새운다. 빨리 여기서 나가야 한다. 아래로 가서 삶을 되찾아야 한다. 이 죽음의 봉우리들을 떠나야 한다.

*

나는 야수와 같은 모습으로 고도의 평지를 걷는다. 여정의 끝자락, 화산은 안개 속으로 사라지고, 이제 깊지 않은 빙하의 마지막 크레바스들이 펼쳐져 있다. 긴장이 풀려 발걸음은 유연하고 민첩하다. 이제 이 모든 것을 끝내야 한다. 라나와 니콜라이에게 연결되어 있던 로프를 풀고 난 직후 바로 그 순간, 나는 분노로 들끓는다. 이 모든 역경을 겪은 지 얼마 되지도 않아서 자연의 아름다움에 대해, 구름이 걷히고 빙하와 화산 지옥이 완전히 뒤로 멀어진 후 우리에게 펼쳐진 풍경에 대해, 극도로 흥분하여 거창한 감탄사를 내뱉는, 심지어 예전보다 더 과장된 감상을 늘어놓는 이들의 행태에 진력이 난다. 경탄하는 라나의 모습에서 이틀 전, 저 위쪽 안개 속 우회하기 불가능한 크레바스를 뛰어넘을 수 있도록 내가 로프를 잡고 있을 때, 눈에 눈물이 그렁그렁하던 그녀의 얼굴이 겹쳐 보인다. 나는 속으로 화를 낸다. 서둘러 로프를 정리하고 마침내 그들에게서 해방된다. 혼자가 된다. 이 행복감, 이 가벼움. 나는 라나와 니콜라이 옆에서 걷기를 거부한다. 둘이 너무 느려서일 수도 있고, 나누는 대화가 흥미롭지 않기 때문이기도 하지만, 무엇보다도 나의 내면으로 빠져들고 싶기 때문이다. 나는 라나와 니콜라이에게 우리가 다시 만날 지점으로 거대한 바위를 가리킨다. 저기까지 가는 건 어렵지 않고, 그저 쭉 가기만 하면 된다고, 더는 어떠한 위험도 없다고 그들에게 말한다. 나는 거의 뛰다시피 혼자 떠나고, 숲을, 유르트에서 김이 나는 차를, 사냥꾼의 타원형 얼굴과 초록색 눈 위로 비친 모닥불의 희미한 빛을 생각한다. 조급하다. 이 바깥세상에서 사라지고 싶은 마음에 속이 끓어오른다. 아니, 더 정확히 말하자면 이 풍경에서, 바로 이 풍경에서 탈출하고 싶어 안달이 난다. 그리고 신체적 혹은 외부적 어려움에서 자유로워지자마자 느긋하게 산책을 즐기는 라나와 니콜라이의 사고방식에서. 눈을 하늘로 향한 채 그들을 하루 종일 떠들게 하는 사고방식에서. 하지만 이 암석으로 가득 찬 세상을 벗어나 나와 한 로프로 묶여 있던 동료들을 피해 달아나려던 나 역시도 병적인 응시로 좌초되고 만다. 나의 응시는 위쪽도, 아래쪽도 향하지 않는다. 나는 내부를, 안을 본다. 이 바깥에서 탈출하고 싶은 마음이, 숲의 내부로 돌아가고 싶은 마음이 너무 강렬한 나머지 무수한 생명체가 살고 거쳐 갔을 이 세상에서, 내가 어디에 있는지를 잊어버린다. 나는 망각한다. 아주 간단히도. 오늘에 이르러 나는 자문한다. 대체 어떻게 그걸 잊었을까? 뒤로 두고 온 빙하, 니콜라이와 라나의 자연, 끝없이 이어진 자갈길, 지난 며칠 동안의 폭풍, 고개 위 텐트 안에서의 고립, 화산을 내려가지 못한다는 불안감. 우리를 덮칠 뻔한 저 위의 격한 빙하 강, 조급함, 그리고 이 모든 위기에서 빠져나왔을 때의 안도감. 피곤, 공포와 긴장, 그 모든 것이 한 동작에 한꺼번에 무너져 몰려온다. 그것은 아주 먼 곳으로의 원정도 치료하지 못한 내 내면의 멜랑콜리다.

그것은 동시에 이 모든 것이지만, 그것들이 내 망각의 이유는 아니다. 그것들은 단지 상황일 뿐이다. 망각의 이유는 꿈의 시간에 귀속되고, 가장 깊은 밤의 어둠 속에서 일시적으로 포착할 수 있을 뿐이다.

나는 심리치료사에게 말한다. 알았어요, 꿈 얘기를 해볼게요, 나중에 다시 오세요, 이야기가 길어질 것 같거든요. 미안한 미소. 그녀가 사려 깊지 못한 것은 사실이다. 사람을 짜증 나게 만드는 것 역시도. 하지만 나는 사실 그녀를 꽤 좋아하는지도 모른다. 그녀가 눈을 찡그리고 눈썹을 찌푸리는 모습이 마음에 든다. 나를 이해하고 싶어 하는 것이 보인다. 그녀에게 그다지 친절하지 않았던 것이 후회된다. 초록색 리놀륨 바닥을 걸으며 멀어지는 그녀의 구두 굽 소리. 나는 나중에 기회가 있으리라 생각하고, 머리를 창문 쪽으로 돌려 밖에서 천천히 흔들리는 나뭇가지를 바라본다.

*

프랑스에서 받는 첫 수술 날이다. 내 수술을 담당하는 외과의사와 의료진은 내 턱에 소련의 플레이트를 그대로 두는 것에는 위험이 따르고, 따라서 이를 서방의 플레이트로 교체하는 게 나을 것이라는 결정을 내렸다. 엑스레이 사진을 보면 플레이트가 너무 큰 나사로, 의료진의 표현을 빌리자면, '러시아 방식으로' 고정되었다. 설상가상으로 그것은 매우 두꺼운 데다, 재활 운동을 어렵게 만들지도 모르는 위치에 고정되어 있다. 어쩌면 바로 그 순간에 나는 러시아 사람들을 신뢰한다고 말해야 했을지도 모른다. 우선 집으로 돌아가서 회복할 수 있는 시간을 가지고 싶다고도. 모르겠다. 이 밤의 시점에서는 어떠한 진실에도, 어떠한 당연한 것에도 접근할 수가 없다. 하지만 그것들이 언제는 가능했었나? 그렇게 내 턱은 고요하지만 가차 없이, 프랑스와 러시아의 의료 냉전 현장이 되었다.

수술실에서 나올 때 고통은 극심해지고 나는 처음으로 모르핀을 부탁한다. 이날의 수술 이후, 고통이 너무나도 참기 힘들어질 때마다 매일 저녁 그러듯이. 고통의 정도를 1에서 10 사이의 숫자로 매긴다면 어느 정도입니까? 프랑스 병원의 모든 환자가 알고 있을 이 유명한 질문이 나에게도 던져진다. 처음에 나는 망설이고, 말을 더듬고, 이를 과용할까 봐 겁이 나고, 내가 나약한 사람으로 보일까 봐 두려움을 느낀다. 나는 이 경악스러운 단계표에 대해 스스로 묻고, 나름의 이론을 만들었다. 숫자 몇부터 내 고통이 심각하게 받아들여질 것인가? 5? 6? 너무 욕심내지 말자고, 초반에는 그렇게 생각했다. 내가 너무 높은 숫자를 말한다면 그들이 나에게 약을 주지 않으려 할 때 더는 올려 말할 숫자가 남아 있지 않을 것이다. 이웃 병실의 환자들 역시 나처럼 계산하는 걸까? 그들 역시 이 완고하기 짝이 없는 간호사들을 그들 나름대로 최선을 다해 제어하려고 할까? 고통으로 가득 찬 육체에서 벌어지는 일의 강도를 측정하는 이 빌어먹을 단계표를 가지고는 쉽지 않은 일이다. 이런 것에도 숫자를 붙여야 한단 말인가. 나는 속으로 반항하고, 실제로 한 번이나 두 번쯤은 화를 내지만, 시간이 지나고 원하는 것을 얻지 못하는 실패가 반복되자 결론을 내린다. 이 모든 것은 아무짝에도 쓸모가 없다. 척도, 가치, 말도 안 되는 수치에 대해 질문하는 것. 무엇을 느끼는지 정밀하게 표현하려는 것. 모두 다 쓸모가 없다. 병원에서 진짜로 아프다면, 이 고통을 진정시키기 위한 무엇인가를 원한다면 9를 말해야 한다. 심지어는 9.5를 말해야 한다. 이 논쟁에서 승자가 되기 위해서는 이 단계 안으로, 그것의 논리 안으로 들어가야 한다. 이 규범에 동화해야 하고, 그것을 받아들이는 척을 해야 한다.

지금에 와서 다시 생각해보니, 단계표의 부적절함은 그것의 사용 방법에서부터 드러난다. 가장 최상의 경우로 당신을 걷잡을 수 없는 도취상태에 빠뜨리는 약을 얻기 위해 이토록 이성적이고 체계화된 과정을 거쳐야 한다는 것에는 분명 괴상한 지점이 있다.

*

나는 유년 시절을 보낸 라 피에르의 집에 있어요. 밤나무숲 아래에 있는 말들의 언덕에서 내려오는 길이에요. 초원 밑에, 집 뒤편으로 우리가 '새들의 정원'이라고 불렀던 장소가 있어요. 내가 태어나기 전 모드 언니가 어린아이였을 때, 아버지가 그곳에 열 마리 남짓의 멧비둘기를 위한 커다란 새장을 만들었거든요. 언니는 그 새들을 세상의 무엇보다도 사랑했어요. 어느 날, 여우 한 마리가 나타나기 전까지는요. 여우는 땅굴을 파고 새장 안으로 들어가 학살을 저질렀어요. 그중에 단 한 마리만 먹어치울 거였으면서, 새들을 다 죽여버린 거예요. 모드는 미치도록 고통스러워했어요. 그다음 날, 아버지는 새장을 없애며 이렇게 말했어요. 이제 새장은 없어, 무의미한 일이야, 정원의 새들은 완전히 자유롭거나, 아니면 아예 존재하지 않을 거야. 그러니까 내가 바로 거기에 있는 거예요. 내가 알던 모습인 새들의 정원 바로 위에. 가운데에 오래된 우물이 있고, 창문이 깨진 작은 오두막이 왼쪽에, 빨랫줄과 그 위에 앉아 있는 박새들이 오른쪽에, 그리고 그 주변으로 엄마의 개암나무와 까치밥나무 등 식물이 있어요. 나는 바로 그 위에 위치한 말들의 공원 울타리 밑을 지나가려고 몸을 굽히고, 새들의 정원 쪽으로 가요. 그러다 갑자기 동작을 멈춰요. 우물에서 무엇인가 빠져나오는데, 머리예요. 무서워서 배가 꿈틀거려요. 그것이 땅을 빠져나오고, 이제 선명하게 보여요. 거대하고, 밝은 갈색 털을 가진 야수예요. 내가 고개를 돌리자, 둥그렇고 작은, 석조 테이블 위에 앉아 있는 다른 한 마리가 보여요. 울음소리. 세 번째가 오두막에서 나와요. 우물에서 나온 야수가 나를 바라보더니 나른한 발걸음으로 내게 다가와요. 나는 뛰기 시작하는데 몸이 너무 느리고, 도망치는 꿈에서 항상 그러듯 더디게 흘러가는 시간이 내 사지를 묶어요. 그 기분이 정말 끔찍해요. 내 목표는 그들 옆으로 지나가서 집 뒤편에 있는 유리문에 가닿는 것인데, 나는 그들이 나를 붙잡을 것 같다고 생각하면서 뛰고, 기고, 속도를 붙이기 위해 네발짐승처럼 두 손으로 땅을 움켜쥐기까지 해요. 간신히 문에 가까워지고, 수평의 땅을 거의 기어 올라가다시피 해서, 최후의 반동으로 집 안에 몸을 던지고, 등 뒤의 문을 닫아요.

심리치료사가 생각에 잠긴 얼굴로 나를 바라본다. 생각보다는 덜 폭력적이네요. 그녀가 고백한다. 당연하죠, 어떠한 꿈도 내 현실을 능가할 수는 없어요, 어떻게 생각하세요? 내가 묻는다. 그녀가 눈을 깜빡인다. 곰들이 당신의 기억 안에 살고, 당신의 생각 속에서 어슬렁거리고, 당신의 과거에 불쑥 나타나고, 그리고…… 다른 덧붙일 것이 있나요? 없어요. 내가 말한다. 그것만으로도 과한걸요.

*

엄마의 집으로 돌아온 지 며칠이 지났다. 내 얼굴과 다리에 붕대가 감겨 있고, 매우 친절한 간호사 두 명이 매일 교대로 나를 돌봐준다. 내 오른쪽 턱 밑으로는 노란 진물이 맺힌다. 살페트리에르 병원에서는 이렇게 말했다. 그게 정상이에요, 며칠 지나면 괜찮아질 거예요. 하지만 이미 몇 주가 지났다. 아프지는 않다. 다만 내 안에 닫히지 않은 틈이, 그곳에 침투할지도 모를 것들이 두려울 뿐이다. 내 기억에 매복해 있는 다른 존재들이 있으므로, 어쩌면 내 피부 아래에도, 내 뼛속에도 있을지 모른다. 이 생각이 나를 겁에 질리게 만든다. 나는 함락된 영토가 되고 싶지 않다. 나는 나의 경계를 폐쇄하고,

불청객을 몰아내고, 침략에 저항하고 싶다. 하지만 나는 이미 포위되었을지도 모른다. 매번 똑같이. 나는 내 경계를 폐쇄하기 전에 그것을 복원할 수 있어야 한다는 사실을 알고 있고, 바로 그 생각에 무너진다.

살페트리에르 병원에서 나온 이후로 그르노블 시에 있는 엄마 집에 머물고 있기 때문에 나는 이쪽 지역의 구강악안면외과에서 검사해보라고 권유를 받았다. 나는 여기, 그르노블 라트롱슈에 있는 병원을 증오한다. 가까이 가는 것만으로도 속이 울렁거린다. 어렸을 때, 누군가 이곳에서 매우 아팠다. 어쩌면 죽기 전의 아빠였을지도 모르겠다. 벨돈 대학병원 입구의 커다란 광장을 지나는 동안, 이전에 마지막으로 여기를 지나갈 때 철계단 바로 앞쪽에 토했던 기억이 떠오른다. 그때 나는 일곱 살이었고, 우리 가족의 주치의는 나를 충수염으로 진단했다. 그러고 얼마 지나지 않아 이 병원의 병실에서 충수염이 아니라는 최종 진단을 받았다. 엄마와 함께 안심하고 병원을 빠져나왔지만, 밖에서 몇 미터를 겨우 걸은 후 나는 배에 두 손을 대고 몸을 구부리며 쓰러졌다. 커다란 유리창 앞에 한동안 멈춰 서서, 나는 여기 들어가고 싶은 마음이 조금도 없다고 생각한다. 그래도 결국 들어간다. 냄새, 리놀륨 바닥, 색깔, 유니폼,

안내 데스크의 대기 번호표, 이 모든 것이 나를 뒤틀리게 만든다.

아래턱 밑으로 맺히는 노란 진물에 대한 검사 결과는 상당히 우려스럽다. 그르노블의 외과의사는 살페트리에르 병원에서 러시아제 플레이트를 프랑스제 플레이트로 교체하다가 병원성 감염이 일어났다고 설명한다. 파리 수술대에 서식하던 질긴 연쇄상구균이 러시아제 경쟁 품목의 조악한 품질에서 나를 구원했어야 할 새 프랑스제 플레이트에 자리를 잡았다. 최악인 것은 그것이 무섭게 번져나가서 플레이트를 점령하는 중이라는 것이다. 의료진은 내 턱뼈를 걱정하며 세균이 거기까지 번지지는 않을까 염려한다. 누군가가 나에게 설명한다. 혹시나 그렇게 되면요, 그것을 제거하기 위해 또 다른 차원으로 복잡해질 겁니다, 세균은 온갖 곳으로 번져나갈 수 있어요. 나의 공포가 구체화된다. 나는 정말로 침략의 피해자가 되었다. 의료진의 설명에, 현 상태가 초래할 결과에 완전히 무너지거나 정신이 나가지 않았더라면, 나는 이 운명의 장난을 즐겼을지도 모른다. 그르노블의 외과의사는 어떠한 다른 해석도 허용하지 않는다. 그녀에게는 모든 것이 명확하다. 살페트리에르 병원의 의료진이 다시 한번, 그들의 무능을 증명했다는 것이다. 나는 내 턱이 프랑스와 러시아의 의료 냉전 현장이 되었다는 생각에는 익숙해졌지만, 그에 더해 프랑스 의료 서비스의 경쟁 관계 즉 ('공장'이라 불리는) 파리의 병원들과 인간적인 규모로 굴러가는('여기서 당신은 그저 번호가 아니라 한 사람이에요' 등등) 지방 병원들 사이의 치졸한 경쟁까지 자리 잡을 줄은 꿈에도 몰랐다.

그르노블의 외과의사는 처음으로 돌아가 바로잡아야 한다고 단언한다. 그녀는 계획을 들려준다. 이 모든 것을 마침내 올바르게 바로잡기 위해 턱을 열고, 감염된 플레이트를 빼내고, 내부를 깨끗이 소독한 뒤, 내부 고정장치를 외부 고정장치로 대체할 것입니다. 그 순간 나는 클리우치의 보건소에서 내가 들어갔던 가장 깊은 동굴 속으로 다시 빨려 들어간다. 나는 얼굴을 뚫어버리는 나사와 거기에 붙어 있는 철로 된 턱을 상상하고, 기계화되고, 로봇화되고, 비인간화된 내 모습을 상상한다. 눈물이 뺨으로 흐른다. 나는 몸을 일으켜 아니에요, 싫어요, 그렇게는 못 해요, 라고 말한다. 그리고 나는 그곳을 떠난다. 기다려요! 돌아오세요! 나는 복도를 달린다. 이 불행의 병원에서 도망치기, 오직 그것만 생각한다. 계단을 두 칸씩 급하게 내려간다. 하얀색, 초록색, 하얀색, 초록색. 생각한다. 해결책을 찾아내자, 진정하

자, 진정하자.

검사를 해보라며 나를 이 외과의사에게 보낸 이는 림프 배농 치료를 위해 방문했던 그르노블의 물리치료사였다. 그녀는 외과의사가 자신의 친구이고 매우 유능하다며 나를 안심시켰다. 나는 차분히 생각을 정리하기 위해 약속을 취소해 나를 보호하는 대신, 다음 날에 예정된 배농 치료를 받으러 가는 실수를 저지른다. 물리치료사는 이미 애정하는 동료에게 검사 결과와 그에 따른 나의 격렬한 반응에 대해 전달받았고, 그녀는 내 최악의 악몽이 된다. 물리치료사는 피부 바깥으로 림프액을 배출하기 위해 플라스틱 장갑을 낀 손으로 내 얼굴을 만지면서 나에게 병원성 감염의 심각함에 대해 상기시키고, 외과의사의 권고를 따르지 않을 경우 일어날 위험에 대해 경고한다. 외과의사가 무엇을 하면 될지 '나보다 더 잘 알기 때문'이다. 물리치료사의 손이 왔다 갔다 한다. 그녀는 여기에 덧붙여 의사의 진단에 따르지 않을 경우 최악의 상황으로까지 치달을 수 있다면서, 사고 이후의 제라르 드파르디외 아들처럼 되고 말 것이라고, 내가 고통에 자살할지도 모른다고 말하며 나를 몰아붙인다. 이후 장갑을 낀 손이 거두어지고, 치료가 끝난다.

치료실을 나와서 나는 기진맥진한 얼굴로 창백한 햇

빛을 바라본다. 왜 이 모든 것을 감당해야 하는가? 나는 다시 한번 더 내 안으로 잠식할 필요가 있다. 나는 곰을 생각한다. 만약 그가 살아 있다면, 그는 내가 감수하고 있는 이 모든 상징적이고 구체적인 폭력 없이 곰의 삶을 영위하고 있을 것이다. 하지만 누가 알겠는가? 어쩌면 곰의 공동체 역시도 매장하기 위한 절차를, 아웃사이더를 소외시키거나 더는 규범에 맞지 않는 자를 멀리 떨어뜨리는 관습을 가지고 있을지도 모른다. 나는 햇빛에 부신 눈을 아래로 떨구고 자동차 안으로 들어가 시동을 건다. 무엇이 되었든, 나는 이 사람들을 다시는 보지 않을 것이다.

*

나는 지난번에 수술을 담당했던 외과의사와 상담하기 위해 살페트리에르 병원으로 돌아간다. 러시아제 플레이트를 프랑스제 플레이트로 교체하면서 이 미미한 침략자가 내 턱에 서식하도록 한 장본인. 당연히 이것이 의사의 잘못은 아니지만 나는 그녀를 조금은 원망하고, 그녀가 해결책을 찾아야 한다고 생각한다. 그녀는 턱을 열고 모두 소독한 뒤 장골을 이용해 뼈를 이식할 것을 제안한다. 그리고 한 가지 더, 우연에 어떠한 가능성도 주지 않기 위해, 감염의 모든 발생 가능성을 차단하기 위해, 이 하나를, 어금니를 뽑아야 할 것이다. 생각해보세요. 그녀가 말한다. 그리고 바로 그것이 내가 사흘째 그웬돌린 언니의 집에서 바다를 바라보며 하는 것이다. 나는 생각한다.

10월이 끝나가고, 나는 아르카숑의 한 카페테라스에 앉아 있다. 앞으로는 바다가 보이고, 뒤쪽에서는 가을 햇볕이 내 머리카락 없는 머리를, 분홍색 보도블록이나 백색 가로등 밑이나 야자수 그늘에서 산책하는 사람 하나 없는 다른 세계의 짐승에게 상처 입은 머리를 따뜻하게 감싼다. 나는 선박들과 물의 표면 아래로 사라지는 녹슨 사슬을 바라본다. 나는 내 불일치를 받아들이고 내 불확실성에 나 자신을 잘 매어두어야 한다고 생각한다. 선박들이 표류하고 나는 결투 이후 섬광의 순간을 기억한다. 숲의 자명함, 내가 죽지 않도록 결심하게 만든 그 명백함. 나는 닻이 되고 싶다. 시간 이전의 시간, 신화의, 모태의, 기원의 시간 속 깊은 곳으로 잠기는 매우 무거운 닻. 인간이 라스코 동굴 벽화를 그리던 때와 가까운 시간. 나와 곰의 시간, 내 손이 그의 털 사이를 파고들고, 그의 이빨이 내 피부에 맞닿으며 상호적인 통과의례를, 우리가 살아갈 세상에 대한 주제로 협상을 구축하는 시간. 선박들은 표류하고, 나는 나보다 앞서 나를 정립하는 공간으로 사라지는 이 상상의 닻을 바라본다. 나의 배가 이곳에 닻을 내린다면 그것은 이제 더는 표류하지 않을 것이다. 그것은 현재의 살아 있는 표면에서 일렁일 것이다.

이제 나를 괴롭히고, 곧 견딜 수 없어질 것이 분명할 경계인의 위치에 머물게 하는, 내 몸에 열린 틈을 닫기 위한 결정을 내려야 한다. 선박들은 표류하고 사람들은 분홍색 보도블록을 걷는다. 그렇다. 오늘날 내가 된다는 것은 합의를 거부하고 협약을 피하는 것이지만, 할복자살하는 것은 아니다. 그렇다. 나는 다시 한번 수술을 받을 것이다.

*

비와 안개가 지배하는 11월의 파리. 석 달 전, 곰이 그의 주둥이 안에 내 턱 한 조각과 이 두 개를 가져갔다. 외과의사는 나의 세 번째 이를 뽑아낼 것이다. 이에는 이. 세 번째. 두 번 일어난 일은 세 번도 일어난다. 나는 수술실에 누워서 기다린다. 기분이 좋아지는 공간을 생각하세요. 전신 마취제를 투여하는 간호사가 말한다. 그 말이 나를 웃게 하고, 내 웃음에 간호사의 얼굴에 도 미소가 번진다. 나는 외부에는 출구가 없다고 생각한다. 세상의 등줄기로 야수처럼 걸어간 것은 나다. 그리고 나는 그를 발견했다. 나는 이 모든 의학적 시련 역시 이겨내야 한다. 왜냐하면 그곳에 '우리'가 있었으니까. 그 순간에는 그와 나 외에는 아무도 없었다. 나는 눈을 감는다. 나무들이 나타나고, 저 멀리 화산이 보인다. 나뭇잎으로 뒤덮인 강을 조각배가 조용히 부유한다. 여름이고 눈이 온다. 눈이 내리고 이건 기적이다.

*

마취에서 깨어난 후, 시야가 여전히 흐릿한데 좀처럼 적응이 안 된다. 긴 여행에서 돌아와 집에 도착했지만, 그곳이 더는 자기 집처럼 느껴지지 않는 이방인의 기분이다. 나는 몇 시간 동안 내가 부재했던 몸을 되찾으려고 노력한다. 내가 정말 그곳에 갔나? 꿈의 기억이 매우 생생하다. 나는 떠다녔고, 느꼈고, 걸었고, 맛보았다. 나는 내가 이해해서는 안 되는 존재와 이야기했다. 그에게 우리가 화해할 수 있을 것이라고 말했다. 내 시야가 뚜렷해진다. 나는 이 무취의 누리끼리한 병실로 돌아왔다. 아니, 정확히 말하자면 알코올 냄새가 난다. 혹은 약

냄새거나. 구역질이 난다. 나는 여전히 살아 있다. 천천히 얼굴을, 목을 만져본다. 무엇인가가 없어졌다. 왼쪽 목에는 프랑스의 첫 번째 수술 실패 이후로 신경절이 한 개 도드라져 있었다. 턱에 이식된 매우 깨끗한 티타늄 플레이트에 자리를 잡은 병원성 세균에 반응해 점점 커지던 신경절이. 나는 회복실에서 일반 병실로 다시 옮겨졌고, 걱정하기 시작한다. 인턴에게 그것이 어떻게 되었냐고 묻는다. 의료진이 검사를 하기 위해서 신경절의 한 부분을 채취했을 것이라 추측하며. 하지만 실제로 일어난 일은 그렇지 않았다. 그들은 기세에 더해, 그리고 '세부 사항'에 집착하지 않기 위해, 그것을 단순히 제거하기로 했다. 제거하는 편이 더 간단했어요. 그들이 내게 말한다. 피부, 머리카락, 이 세 개, 뼛조각, 그리고 이제는 신경절. 전투에서 잃은 내 신체 부위 목록이 점점 늘어난다.

*

나는 다시 병실에 혼자 남겨졌고, 아프다. 몇 시간 전에는 피를 토했다. 의심의 여지 없이 고통 단계표의 9.9에 달했고, 모르핀만이 극도의 무기력 상태에 빠진 나를 구해낸다. 불빛이 꺼지고 피부밑으로 부드러운 열감이 느껴지면서 고통은 진정된다. 편안해진다. 검은 노트를 펴고 해가 뜰 때까지 끼적거린다. 그날 밤, 나는 야수를 믿어야 한다고, 그들의 침묵과 그들의 신중함을 믿어야 한다고 쓴다. 경계 태세를, 이 병실의 헐벗은 백색 벽을, 노란 침대 시트를 믿어야 한다고. 중립성과 무관심, 횡단성이 존재하는 비공간 안에서 몸과 영혼에 작용하는 후퇴를 믿어야 한다고. 형태가 없는 것이 조용히 그리고 급작스럽게 구체화되고, 그려지고, 재정의된다. 신경 분포를 막고, 다시 신경을 분포시키고, 섞고, 병합하고, 이식하고. 곰과 그의 발톱이 지나간 내 몸, 피가 흐르지만 죽음이 없는 내 몸, 삶으로, 실밥과 손길로 충만한 내 몸, 여러 존재가 만나는 열린 세계의 모습을 한 내 몸, 그들과 함께, 그리고 그들 없이 회복하는 내 몸. 내 몸은 혁명이다.

밤의 끝자락에서 이 생각이 확실해진다. 나는 의사의 손에, 다른 세계의 짐승이 찢어놓은 틈을 마주할 것이라고 상상조차 못 했던 그녀의 손에 감사하고 싶다. 제거하고, 소독하고, 덧붙이고, 다시 봉합하는 이 손에. 야수의 문제에 대해 해결책을 찾는 이 문명의 손에. 내 입 안에 남아 있는 곰의 기억을 다루고, 이미 잡종이 된 내 몸의 변화에 일조하는 이 손에. 그날 밤, 나는 치유를 위해서는 내 안에 이 손을 위한 자리를 마련해야 한다고, 여전히 북극에서 배회하는 자들 옆에 한 자리를, 나에게 소중하기에 그지없는 곡예사와 사냥꾼, 몽상가 옆에 한 자리를 마련해야 한다고 생각한다. 나는 아무런 합의 없이 내 몸 깊은 곳에 놓인 세계의 다양한 요소가 공생할 수 있는 균형의 자세를 찾아야 한다. 모든 일이 이미 일어났다. 내 몸은 융합의 지점이 되었다. 이 상징적인 진실을 받아들이고 소화해야 한다. 내면에 존재하는 세계의 파편들 사이의 적대감을 해소하고, 그들이 펼칠 훗날의 연금술을 생각해야 한다. 그리고 이 몸과 마음의 작업을 완수하기 위해서는 당장 면역의 경계를 다시 막고, 열린 곳을 다시 봉합해서 흡수하기를, 즉 닫기를 결심해야 한다. 상처를 치유해야 한다. 닫기, 그것은 내 안에 놓인 것들이 이제부터는 내 몸의 일부가 된다는 것을, 하지만 지금부터는 아무것도 이곳에 들어올 수 없다는 것을 받아들인다는 뜻이다. 나는 생각한다. 나의 내부는 노아의 방주 저리 가라 하겠는걸. 눈을 감는다. 수면이 상승하고 기슭에 범람한다, 닻을 올려야 한다, 갑판의 승강구를 닫아야 한다, 우리에겐 망망대해를 마주하기 위해 필요한 모든 것이 있으니, 안녕, 떠나자, 항해를 시작하자.

*

그날 아침, 외과의사가 밝은 표정을 지으며 들어온다. 하얀 블라우스, 초록색 구두. 아름다운 붉은 머리카락은 등 뒤에 한 갈래로 묶여 있다. 좀 어떠세요? 그리고 상투적인 대화가 이어진다. 네, 수술은 잘 됐어요, 이제 괜찮을 거예요, 확신합니다. 나는 그녀에게 고된 직업을 가지고 있다고, 그날 밤에 그녀에 대해 많이 생각했다고 말한다. 어색한 미소. 그녀가 나에게 말한다. 당신에게 일어난 일이 보통 일은 아니었어요, 이런 일에서 살아남은 사람들이 그곳에 또 있나요, 아니면 당신이 처음인가요? 내가 대답한다. 당신 위치에 있는 여자들이랑 비슷해요, 있긴 있어요, 소수지만.

나는 오늘 중요한 것을 이해했다. 이 전투에서 치유된다는 것은 단지 자기중심적인 변화만을 뜻하지 않는다. 이는 정치적인 행위이다. 내 몸은 서구의 의사가 시베리아의 곰과 대화하는 영역이 되었다. 더욱 정확히 말하자면 대화를 시도하는 영역이. 내 몸으로 현화한 이 작은 나라의 심장부에서 형성되는 관계는 불안정하고 연약하다. 이 나라에는 화산이 있기 때문에 언제든지 모든 것이 뒤집힐 수 있다. 의사와 나, 그리고 곰이 내 몸 깊숙이 두고 간 정의할 수 없는 무엇인가가 할 일은 이제 '이 소통을 유지'하는 데 있다.

곰에 맞서 생존한다는 것은 이 세계에서 '다가올 일'에 맞서 생존하는 것과 마찬가지로 구조적인 변화의 재개를 받아들인다는 뜻이다. 우리를 매료시키는 단일성은 결국 그것의 본래 모습인 환상으로 판가름 난다. 형태는 그것만의 고유한 도식을 가지고 재구성되지만, 그것에 사용되는 요소는 모두 외부에서 온다.

*

이 주가 지났고, 수술 결과는 만족스럽다. 나는 퇴원했다. 오후 6시, 알프스 쪽으로 향하는 기차 안에서, 나를 기다리는 엄마를, 라벤더 향이 나는 침대보를, 그녀가 벌써부터 준비하고 있을 갈아 만든 음식을, 다시 자라고 있는 내 머리카락을 만지는 그녀의 손을 생각한다. 휴대전화가 울린다. 창문 쪽으로 몸을 돌리고 천천히 전화를 받는다. 다급한 인턴의 목소리가 들린다. 당장 파리로 오셔야겠어요, 절대 아무와도 말하지 말고요, 사람들에게 접근하면 안 돼요, 신경절에서 무언가 발견됐어요. 나는 눈을 감는다. 납으로 된 무엇인가가 머리를 짓누르는 느낌이다. 이 강제로 제거된 신경절은 보름 동안 아무런 위험의 신호도 보내지 않았다. 왜 그것이 내가 억지로 탈주하지도 않고 안전하게 퇴원한 이때, 진정한 회복의 가능성을 생각하는 지금에서야 위험해진단 말인가? 배양 암실에서 이것이 느닷없이 나타나서 나를 도중에 붙잡으려는 이유는 무엇이란 말인가? 설상가상으로, 자기 몸의 상태를 자각할 능력이 없는 환자에 대한 진실을 거머쥐고 젊은 의사의 권력을 휘두르려는 이 인턴에게서 불건전한 쾌감이 느껴지는 것은 왜일까? 내 안에서 분노가 치솟는다. 아니, 낙담일까. 잘 모르겠다. 인턴은 흥분해서 수화기에 대고 소리를 지른다. 다음 역에서 바로 내려서 돌아오는 기차를 타세요. 그가 명령한다. 결핵으로 의심되는 증거가 발견되었어요.

결핵이요? 제가요? 설마 그럴 리가요, 그런 기미가 하나도 없는걸요. 내가 떨리는 목소리로 대답한다. 사실입니다, 받아들이기 어려우시겠지만, 응급실로 돌아오셔야 해요. 나는 전화를 끊는다. 그리고 당황할 때마다, 무엇을 해야 할지 모를 때마다 그러듯 엄마에게 전화를 건다. 엄마는 아무 생각도 말고 당장 집으로 오라고 말한다. 그리고 절대, 우리는 마스크 안 쓸 거야, 절대, 너를 격리하지도 않을 거고, 왜냐면 너는 결핵 환자가 아니니까. 엄마는 비범한 여자다. 엄마는 행성의 정렬을 연구한다. 엄마는 내가 파리로 돌아가는 것을 금지하고, 주변을 감염시키지 않기 위해 집을 떠나라고 명령하는 이 히스테릭한 인턴에게 응답하는 것 역시도 금지한다. 엄마는 나에게 음식을 만들어준다. 엄마는 내게 사랑한다고 말한다.

저녁 끝 무렵, 내 휴대전화가 더는 진동하지 않는다. 11월 13일이다. 그다음 날, 그 전날의 광기와 대조되는 이상한 침묵이 계속된다. 나는 라디오를 켜고 그제야 이해한다. 테러가 일어났고, 프랑스는 애도 중이라는 것을. 살페트리에르 병원에, 하물며 구강악안면외과에 환자가 넘쳐난다는 것을. 우연성의 아이러니. 카이로스kairos, '결정적인 순간'을 의미하는 그리스어. 학살의 공포가 이제는 나를 잊어버린 의사들의 손아귀에서 나를 구출한다. 나는 나 자신과 엄마에게 맡겨졌다. 나는 숨을 쉰다.

*

종일 책을 읽거나 창문 밖을 보면서 밤이 오기를, 밤의 보호를, 꿈들을, 이미지들을, 여행의 가능성을 기다린다. 말은 별로 하지 않는다. 나는 섬의 고립성을 즐기고, 내 내면의 섬에 사는 이 존재들의 측정 불가능성을 받아들이면서 이 섬을 내 몸 안에 재건하고 싶다. 나는 생각한다. 이는 영혼에 아직도 내포된 조금의 고립성을 누리기 위해 그곳의 주민을 절멸시키는 것이 아니라, 우리가 선택했거나 우리를 선택한 이들이 서로를 갈라놓는 틈새를 넘어 서로 상응하는 존재가 되는 장소와 생태계로 기능하도록 우리의 존재를 만드는 것이다. 밖에는 눈이 내리고 나는 품 안에 물고기를 안고 있는 사냥꾼이다. 나뭇가지 위로 눈이 쌓이고 나는 사냥꾼의 품에 안긴 물고기이다. 눈이 모든 것을 덮고, 나는 다시 강으로 뛰어드는 물고기다. 나는 차갑고 어두운 수면 아래에서 형형색색의 새로 변화한다.

그날 밤, 매우 오랜만에 다초를 본다. 우리는 내가 첫 민족지학 현장 연구 때 살았던 알래스카 포트 유콘의 오두막에 있다. 나는 운다. 그에게 이 상처들이 힘겹다고 말한다. 날 봐. 그가 말한다. 나는 그의 얼굴로 시선을 들어 올린다. 그의 얼굴을 자세히 관찰하고, 내가 이전엔 알아채지 못했던 상처들, 얕은 자국들을 발견한다. 그는 내 어깨에 손을 올리고, 진정하라고 말한다. 더는 눈물이 흐르지 않는다. 기억해. 그가 속삭인다. 장면이 바뀐다. 우리는 침엽수림지대에서 돌출된 절벽 위에 있다. 이상한 장소다. 그곳은 내가 지금 있는 오트알프스의 산들을, 알래스카의 유콘 플랫을, 캄차카 반도의 이차 강을 닮았다. 우리는 아무 말 없이 아래쪽 숲에서부터 올라오는 소리를 듣고만 있다. 그리고 그가 말한다. 너는 원래 이 땅을 위해 태어났어. 침묵. 그는 눈을 감고 입을 벌린다. 긴 포효가 터져 나오고 공간에서 울려 퍼지며 계속해서 공명한다.

*

나는 침대에 누워 있다. 전화를 끊은 직후다. 상담치료사 릴리안과의 통화였다. 십사 년 전 아빠가 죽었을 때 그녀에게 도움을 받은 이후로 우리는 계속 알고 지냈다. 나는 그녀가 방금 말한 것들에 대해 생각해보려고 노력한다. 곰은 경계를 구체화한다. '곰' 사건과 그 이후의 일들은 나에게 세상에 대한 적대감을 완전히 버리라고 요구한다. 다시 정리하자면, 곰과 나의 만남에는, 그의 턱과 내 턱 사이에는, 내 안의 폭력성을 드러내는 상상을 초월한 폭력성이 존재한다. 릴리안이 전한 생각의 실타래를 풀어 헤쳐본다면, 나는 내 안의 무엇인가를 찾으러 외부로 떠났는데, 곰은 자신이 아닌 나와 관련된 다른 것의 표현으로서만 존재할 뿐인 거울이다. 나는 등을 대고 누워서 지붕창에 맺혀 떨어지는 물방울을 바라본다. 기분이 나쁘다. 아니 그것보다 더 최악으로, 짜증이 난다. 영리한 추론이다. 단어 하나가 떠오른다. clever영리한. 하지만 무엇인가가 잘못되었다. 현재로서는 완전히 이해할 수 없는 본질적인 무엇인가가. 나는 빗소리를 들으면서 중얼거린다. 불쑥 고개를 드는 포기의 감정이 싫다. 이곳에서 도대체 무슨 일이 일어났길래 다른 존재들이 우리의 마음 상태를 반영하는 존재로만 전락한 것일까? 그들의 삶, 세상 안에 남겨진 그들의 궤적, 그들의 선택은 어떻게 된 걸까? 이 일에서, 이 의미의 실타래를 풀기 위해서 이 모든 것을 나와 내 행동, 욕망, 죽음에 대한 충동으로 다시 결부시켜야 하는 이유는 뭘까? 다른 존재의 몸 깊숙한 곳은 영원히 접근 불가능하기 때문이죠. 릴리안은 확신에 차서 이렇게 대답했을 것이다. 하물며 그것이 곰의 몸속이라니. 그 말이 맞다. 그리고 그것은 나를 좀먹는다. 기본적인 기능주의적 설명 이외에 자신이 내면에 무엇을 품고 있는지, 무엇을 느끼는지에 대해 그 누가 말할 수 있으며, 스스로를 움직이게 하는 이유에 대해서 그 누가 상상할 수 있단 말인가? 내가 절대로 알 수 없는 것들이 존재한다는 것은 명백한 사실이다. 하지만 이것이 포기해야 한다는, 더 널리 이해하려는 필요를 단념해야 한다는 뜻은 아니다.

오늘날 내가 또 다른 문제라고 생각하는 것은 상징주의다. 그것은 내가 거부할 때조차 나를 따라잡고 매우 피곤하게 만든다. 지금 내가 있는 곳, 프랑스 엄마 집의 이 방에서 곰에 대해 생각하다 보니 나는 유추의 게임을 피해갈 수 없다. 나는 이 서구에서 '곰'의 존재가 무엇에 상응하는지(나는 이미 이 문제의 애니미즘적 측면에 대한 의견을 가지고 있다), 그것이 무엇을 반영하는지에 대해 자문한다. 시간을 죽이기 위해 목록을 작성한다. 이 목록은 나를 우울하게도 하고 웃기기도 한다.

힘. 용기. 절제. 우주와 지구의 주기. 아르테미스가 제일 좋아하는 동물. 야수. 소굴. 거리두기. 성찰. 은신처. 사랑. 영역성. 힘. 모성. 권위. 권력. 보호. 목록이 길어진다. 나는 궁지에 빠진다.

만약 곰이 나 자신의 반영이라면, 내가 가장 열심히 탐색하고 있는 이 존재의 상징적인 표현은 무엇인가? 만약 내 푸른 눈과 그의 노란 눈이 마주치지 않았더라면, 나는 이 대응에 만족했을지도 모른다. 공명이라는 표현이 더 마음에 들긴 하지만 말이다. 하지만 우리의 뒤섞인 몸이, 이 이해할 수 없는 우리가 있었고, 나는 이 우리가 멀리서, 우리가 경계 지어진 존재로 존재하기에 훨씬 전의 먼 곳에서 왔다는 것을 막연히 느낀다. 나는 머릿속으로 질문들을 이리저리 뒤집어본다. 왜 우리는 서로를 선택했는가? 나와 야수 사이에 진정으로 공통된 점은 무엇이고, 언제부터 그랬는가? 내가 생각하는 진실은 내가 내 삶에 평화를 가져오려고 한 적이 없다는 것, 그리고 다른 존재와의 만남에서라면 더 그렇다는 것이다. 이에 관해서라면 내 상담치료사의 말이 맞다. 나는 평화롭지 않다. 이 말이 무슨 뜻인지조차 알지 못한다. 나는 몇 년 전부터 엄청난 변화로 뒤엎어진 북극권에서 일한다. 나는 변화, 폭발, 카이로스, 사건을 다루는 법을 안다. 나는 이것들에 대해 할 말이 있다. 위기의 상황은 항상 생각할 만한 가치가 있고, 다른 삶과 다른 세상의 가능성을 내포하고 있기 때문이다. 이와는 반대로, 나는 평정이나 안정을 깨달은 적이 없다. 평온은 내 특기가 아니다. 나는 고도의 평원에서 내 안의 전사를 깨워낼 존재를 무의식적으로 찾고 있었을 것이다. 바로 이 이유로 그가 내 길을 가로막았을 때, 그를 피해 도망치지 않았던 거라고 생각한다. 오히려 나는 맹렬하게 이 전투로 뛰어들었으며, 우리는 각자의 몸에 서로의 표식을 남겼다. 설명하기가 어렵긴 하지만 나는 이 만남이 준비되었다는 것을 안다. 나는 오래전부터 곰의 주둥이 안으로, 그 입맞춤으로 향하는 데 필요한 토대를 마련해왔다. 그리고 어쩌면 곰 역시 마찬가지일지도 모른다고 생각한다.

나는 우리가 아이였을 적에 일생 정복해야 할 영토를 물려받는다고 생각한다. 내가 어렸을 때, 나는 야수들과 말, 그리고 숲의 부름이 있었기 때문에, 넓게 펼쳐진 평원, 높은 산과 거친 바다가 있었기 때문에, 재주꾼, 외줄타기 곡예사, 이야기꾼이 있었기 때문에 살고 싶었다. 삶의 반대편에 있는 것은 교실, 수학, 그리고 도시로 요약되었다. 다행히도 어른으로 넘어가는 문턱에서 인류학을 만났다. 이 학문은 나에게 출구를, 미래의 가능성을, 이 세상에서 나를 표현하고 내 자신이 될 수 있는 공간을 제공했다. 나는 그저 이 선택이 가져오는 영향력을, 그리고 특히 애니미즘에 관한 나의 연구가 인도할 결과를 가늠하지 못했을 뿐이다. 내가 알래스카의 인간과 비인간 사이의 관계에 관해 썼던 모든 문장은 나도 모르는 사이에 곰과의 만남에 나를 준비시켰고, 어떤 의미에서는 그것을 예고하고 있었다.

현재로서는 내게 더 멀리까지 갈 힘이 없다. 지붕창 위로는 여전히 물이 맺혀 흐르고, 나는 기다리기로 한다. 어떤 것도 행동 하나로 드러나지는 않는다. 더욱 정확히 말하자면, 거의 죽을 뻔한 번뜩이는 순간과 나를 덮친 선명하고 확실한 느낌 이후에, 사건들과 내 남은 삶 위로 다시 베일이 드리워진 것 같다.

*

나는 결핵에 걸리지 않았다. 검사 결과는 명백하고, 그르노블의 감염부서 의사는 파리 동료들의 진단에 이의를 제기한다. 그들은 살페트리에르 병원에 몇 번이고 전화했지만, 설상가상으로 배양 중인 신경절이 사라져서 아무도 찾을 수 없다! 나는 추가로 여러 번의 검사를 하지만 여전히 아무것도 발견되지 않는다. 세균의 그림자조차 없다. 나는 침입자를 몰아내었다. 그 침입자라는 것이 허구였거나, 죽음의 비극tragos에 발이 묶인 주도면밀한 의사들이 상상해낸 것이 아니라면 말이다. 후자 쪽으로 생각이 기울지만, 진실은 영원히 알 수 없을 것이다.

12월, 수술 후의 검진을 위해 파리로 올라간다. 사람들로 가득 찬 대기실, 숫자가 적힌 대기표, 초록색 의자, 초록색 리놀륨 바닥, 병원 냄새. 토하고 싶은 욕구가 스멀스멀 올라오고, 꽉 죄어진 가슴이 배 속을 뒤집는다. 기다림 끝에 드디어 진찰실로 들어간다. 그녀는 흰색

블라우스와 초록색 구두 차림에 붉은 머리를 묶은 채 나를 기다리고 있다. 다 좋아요. 나를 진찰하며 그녀가 말한다. 진물도 감염도 없고, 엑스레이상으로도 이식이 잘돼서 턱뼈가 다시 자라고 있는 것처럼 보여요, 몇 달 내에 다시 음식물을 씹을 수 있고 딱딱한 것도 드실 수 있을 거예요, 몇 주 뒤에 다음 약속을 잡도록 하죠. 나는 혼자 생각한다. 그건 안 될 것 같은데요, 몇 주 뒤에 저는 여기에 없을 거예요.

*

나는 상처를 보호하기 위해 목과 얼굴 주위로 커다란 스카프를 두르고 18구의 거리를 걷는다. 이슬비가 내리고 바람이 피부 속까지 스며드는, 습하고 얼어붙을 것 같은 파리의 추운 날씨다. 퐁티외 거리에 도착하고, VHS 러시아 건물을 알아본다. Visa Handling Service. 나는 들어가서 기다리고 또 기다린다. 머릿속으로 내 계획이 성공할 가능성이 얼마나 되는지를 가늠해본다. 페트로파블롭스크의 병원 병실에서 FSB 요원이 열중해서 기재하는 서류를 몰래 관찰하던 때를 떠올린다. 그가 Martin 대신에 Marten이라고, Nastassja 대신에 Nastasia라고 적던 것을 아주 선명히 기억한다. 나는 키릴 문자와 그에 상응하는 표음이 썩 괜찮다고 생각했다. 그가 나를 다른 이름으로 가재하는 것이 오히려 편리하다고. 하지만 과연 이것만으로 충분할까? 제발 잘 풀리기를, 머릿속으로 조용한 기도를 반복한다.

내 번호가 불리고, 나는 창구로 간다. 모든 문서가 통과되었다. 도장, 결제, 이상 무. 나는 비자를 받는다.

*

엄마의 뺨 위로 굵은 눈물이 흘러내린다. 나는 어제 파리에서 돌아왔고, 우리는 정오의 식탁에 앉아 있다. 단도직입적인 방식 외에는 엄마에게 어떻게 말할 수 있을지 모른다. 섬세함은 내 강점인 적이 없다. 그곳으로 돌아갈 거예요. 언제? 이 주 뒤에요. 이제 감염의 위험에서 벗어났고 엑스레이 결과도 좋으니 떠날 수 있어요. 나는 엄마에게 여기 머무는 것이 현재로서는 참을 수가 없다고, 내 얼굴을 바라보는 친구들의 시선을 견딜 수가 없고, 내가 그들의 눈에서 읽어내는 동정심은 지금 눈앞에 닥친 것 말고 더 멀리 보는 일에 전혀 도움이 되지 않는다고 계속해서 설명한다. 치유를 위해서 저는 물러나야 해요, 사람들과 거리를 두어야 해요, 의사를 피하고, 처방과 진단, 항생제와 멀어져야 해요. 그리고 전기를 사용한 빛은 더욱더 멀리해야 해요. 저는 어둠을, 동굴을, 은신처를 원하고, 촛불을, 밤을, 부드럽고 은은한 불빛을, 밖의 추위와 안의 따뜻함을, 그리고 벽을 감싸는 동물의 털가죽을 원해요. 엄마, 저는 다시 겨울을 나고 활력을 되찾기 위해서 깊숙한 굴로 들어가는 마추카가 되어야 해요. 그리고 제가 아직도 이해하지 못한 수수께끼가 남아 있어요. 저는 곰의 문제를 아는 이들, 꿈에서 여전히 곰에게 말을 거는 이들, 우연히 일어나는 일은 없고 삶의 궤도는 항상 매우 명확한 이유로 교차한다는 것을 알고 있는 이들 곁으로 돌아갈 필요가 있어요.

엄마는 눈물을 흘리지만, 속으로는 이것이 내 유일한 활로라는 것을 알고 있다. 나중에 그녀의 친구들이 경계의 이야기를 다시 들먹거리면서 그녀의 믿음을 흔들 것이다. 내가 곰을 만난 이유는 내가 나와 외부 사이에 경계를 지을 줄 몰랐기 때문이다. 내가 경계를 지을 줄 몰랐던 이유는 엄마가 나에게 그것을 알려주지 못했기 때문이다. 이번만큼은 네 딸에게 권위적으로 행동하고 안 된다고 말했어야지, 딸을 잘 통제했어야지, 이성적으로 행동하게 했어야지, 멈춰 세웠어야지, 자제시켰어야지. 불쌍한 엄마, 불쌍한 친구들. 사실 나는 규범을,

합의를, 그리고 예의는 더욱더 좋아한 적이 없다. 하지만 사랑하는 엄마, 이번에 제가 떠나면, 엄마는 저와 곰 사이에 잘못 지어진 경계와 투사된 폭력 말고도 다른 것이 존재함을 이해할 수 있을 거예요. 엄마는 약해지지 않고 굳건히 버틴다. 엄마는 자신의 딸이 숲에 연결되어 있으며, 완벽한 내면의 치유를 위해서는 그곳으로 다시 돌아가야 한다는 것을 이해한다.

다행스럽게도 마리엘이 존재한다. 차갑고, 거리감이 느껴지고, 정확한 사람. 마리엘은 법조계에서 일하는데 이는 그녀에 대해 많은 것을 설명한다. 마리엘은 우리의, 엄마와 나의 가장 친한 친구다. 그녀가 도시를 결코 떠나지 않고, 화장을 하고, 매우 깨끗하고, 머리를 다듬고, 가끔은 지나치게 꾸미곤 하는 아름다운 여자라는 것을 고려하면 이상한 일이다. 이상하게도 나는 그녀가 내 야수의 문제를 이해한다고 믿는다. 내가 다시 떠난다는 소식을 들었을 때, 그녀는 자기 언어로, 천체와 신화의 언어, 반향과 상호작용의 언어로 엄마를 설득했다. 그녀는 아르테미스와 숲의 관계에 대해서, 숲이 없었더라면 무너지고 말았을 아르테미스에 대해서 말했다. 또 빛 쪽으로 더 잘 도약하기 위하여 어둠 쪽으로 내려간 페르세포네에 대해서도. 그녀는 엄마에게 움직임과 이중성에 대해 말한다. 변신에 대해서. 가면에 대해서. 망가진 형상 이후의 재형상화에 대해서. 겨울 다음의 봄에 대해서 말한다. 한번은 마리엘이 내 붉은 상처를 만지면서 내가 이제는 숲의 여신이 되었다고 말했고, 나는 울고 말았다.

*

12월. 떠나기 전에 산에 있는 집으로 돌아왔다. 눈이 내리고, 나는 창문 너머 안개 속으로 천천히 사라지는 라메주 산을 바라본다. 오늘 아침 차고에서 마주쳤을 때 곧장 나를 알아보지 못한 친구의 시선을 머릿속에서 떨쳐낸다. 불쌍해라. 그는 그저 그렇게 말했다. 그렇게 큰일 아니야. 내가 말했고, 나를 데리러 온 이웃 농부의 자동차에 서둘러 탔다. 뺨 위로 흐르는 눈물을 보고 이웃은 잊어버리라고 말했고 집에 도착했을 때 맥주 한 잔을 따라주었다.

독서를 하며 얼마간 시간을 보내고, 글을 써보려 하지만 실패한다. 현장 노트들과 검은 노트를 꺼낸다. 검은 노트를 열고 페이지를 넘긴다. 그리고 갑자기 깜짝 놀라서 멈춘다. 정확히 일 년 전, 내가 캄차카 반도로 떠나기 전에 쓴 짧은 글이 보인다. 시간이 멈춘다. 말의 수행력에는 한계가 존재하는가?

2014년 12월 30일

다른 해 다른 삶 다른 나
간단히 말해 다른 것으로 변화하기 전날
나는 겁을 먹고 몸을 떤다
그림자는 짙고 나는 밤에 눈이 멀었다
움직일 수 없는 내 몸에 갇혀 무릎은 땅에 박히고
머리는 바닥에 꼬부라져 있다
나는 기다린다
내부의 짐승이 다시 몸을 일으키고
그의 정당한 자리를 되찾기를
그의 힘을 쟁취하기를
낮이 길어지고 굴은 점점 좁아진다
밖으로 나가야 할 시간이 다가온다
다시 흙을 파낼 발톱에서 화산이 탄생할 것이다
그리고 그것이 움직일 때면
땅이 진동할 것이다

하얀 하늘에 눈송이가 소용돌이친다. 이다음이 어떻

게 될지 생각한다. 넉 달이 지났고 숲은 그곳에서 기다리고 있다. 나에게 일어난 일의 아름다움은, 내가 더는 아무것도 알지 못하면서 모든 것을 안다는 것이다. 나는 땅 위를 다시 딛고 오르는 새들의 다리를 느끼게 될 것인가? 멀리 있는 그것들의 날갯짓을, 호흡의 감촉을?

무엇인가 일어난다
무엇인가 다가온다
무엇인가 나에게 닥쳐든다
나는 두렵지 않다

봄

1월 2일이다. 비행기 바퀴가 동결된 바닥에 닿으면서 끼익 소리를 낸다. 나는 다른 승객들과 함께 계류장에 내린다. 영하 30도다. 율리아와 아이들은 정문 뒤에서 나를 기다리고 있다. 율리아는 가족들과 함께 숲에서 살지 않고 일 년 중 사 개월, 여름에만 그곳에 머문다. 그녀는 십 년 전, 우크라이나 출신의 러시아 군인 야로슬라프와 결혼했다. 그 이후로 그녀는 남편과 아이들과 함께 페트로파블롭스크 남쪽에 위치한 캄차카 반도의 가장 큰 해군기지인 빌류친스크에 살고 있다. 빌류친스크는 특별한 허가 없이는 러시아 민간인이 접근할 수 없는 곳이다. 그리고 외국인이라면 허가가 있든 없든 접근 금지다. 하지만 율리아는 내 친구고, 내 자매고, 나의 율리에타는 이 혼돈의 도시에서 함께 있고 싶은 유일한 사람이다. 값이 싼 너절한 호텔 혹은 화려한 척만 할 뿐 가짜 장식으로 외관을 꾸민 매우 비싼 호텔에 가느니, 내 친구를 따라 피오르 너머에, 화산 아래에 있는 그녀의 감옥으로 가는 것이 백배는 낫다.

기지로 향하는 첫 40킬로미터를 달리면서 나는 벌써부터 화산을 등지고 바다를 따라 이어진 건물들을 알아본다. 검문소는 이제 얼마 남지 않았다. 우리는 그곳에 도착하기 전에 차량을 도로의 구석진 곳에 세운다. 물통과 트렁크 덮개를 꺼내고, 나는 뒷좌석과 앞좌석 사이 발밑 공간에 옆으로 길게 눕는다. 율리아와 야로슬라프가 덮개로 나를 덮고 그 위로 물통을 아무렇게나 올려놓는다. 나는 이제 꽁꽁 숨겨진다. 힘겨운 오 분이지만 지난 몇 달 사이에 내게 일어난 일들을 생각해보면 겨우 산보를 하는 느낌에 가깝다. 혹은 그저 형식적인 절차를 밟는 정도. 군인의 목소리가 들리고 이어 율리아의 남편이 대답하는 소리가 들린다. 검은색으로 추정되는 군인의 가죽 군화가 아스팔트 바닥에 내는 소리를 듣는다. 트렁크가 열리고, 그가 안을 확인한다. 모든 게 정상이다. Khorocho, do svidania, 좋습니다. 지나가십시오. 우리는 다시 출발한다. 늑대의 주둥이 안으로, 잡힌다면 어떤 종류의 야생 개보다 더 사나울 것이 분명한 늑대의 아가리로 들어가는 느낌. 이곳의 장점이 있다면 누구도 나를 찾을 수 없다는 것이다. 냉전 시대에 파괴되지 않고 살아남은 잠수함과 군복을 입은 군인들 사이에서, 당연히도, 나는 잘 숨겨진다. 이것이 반항하는 젊은 여성들, 나와 율리아가 생각해낸 술책이다. 위협이 도사리는 바로 그곳에, 적의 침실에 숨기. 자신의 내면에서 적을 감각하고 경험하라, 적에게 포섭되고 포섭하라, 충분히 강해지면 적을 길들이고 지배하라, 그리고 언젠가 적의 논리를 완전히 이해하게 되는 날, 자유를 맞이하리라.

겹겹이 쌓인 덮개 밖으로 머리를 내밀자, 물통들이 아무렇게나 흩어졌다. 우리는 폭소를 터뜨린다. 야로슬라프마저도 웃음을 참지 못한다. 규율을 어기는 것은 서로를 가깝게 만든다. 야로슬라프가 뒤를 돌아 파란 눈으로 나를 빤히 쳐다본다. 제길, 당신은 곰도 도망가게 한 프랑스 여자란 말이지, 그런데 우리 셋이 고작 군인 하나도 속이지 못한다면 어쩌겠어? 우리의 웃음소리에 자동차가 덜컹덜컹 흔들린다. 환희의 눈물을 닦던 율리아가 갑자기 입술 위에 손가락을 대고 심각한 표정을 짓는다. 나스티아, 잊지 마! 사람들이 있는 데서는 한마디도 하면 안 돼, 상점에서도 입도 뻥긋하지 마! 사람들이 네 프랑스 억양을 알아들을 거야, 네가 아무 말도 하지 않으면 아무도 네가 러시아 사람이 아니라고 의심하지 못할 거야.

입을 다물어. 너는 너야. 너를 죽여.원문의 문장 Tais-toi, Tu es toi, Tuer toi는 모두 발음이 비슷하다 그러지 못할 이유가 없지. 잿더

미에서 다시 태어날 때는 모든 것이 허용된다.

*

창문 밖으로 보수 중인 잠수함들이 정박해 있는 군항이 보인다. 주위 곳곳에서 군인이 녹슨 기계들 사이로 바삐 움직인다. 해협은 완전히 얼어붙었다. 공기는 차갑고 서리 입자가 겨울빛에 의해 바다 위에서는 분홍색으로, 그 반대편 화산 위에서는 보라색으로 반짝거린다. 집은 매우 덥다. 너무 더운 나머지 숨을 쉬기 위해서는 창문을 살짝 열어야 한다. 온도를 조절할 수가 없다. 나스티아, 러시아 도시의 겨울은 원래 이래. 율리아가 말한다.

집은 방 두 개와 부엌으로, 몇 가지 특성으로 요약된다. 붉은색 꽃무늬가 수놓인 낡은 갈색 타피스리, 작은 욕실에 놓인 반신욕 욕조, 칸막이벽 위에서부터 아래로 얼룩진 습기 자국, 외부로 노출된 전깃줄, 벽과 천장에 간 금. 집의 중심엔 협소한 부엌이 있다. 부엌에는 작은 식탁과 그 위에 깔린 꽃무늬 베이지색 플라스틱 테이블보, 네 개의 등받이 없는 의자, 가스레인지, 싱크대, 건물 뒤편으로 수미터 쌓인 눈을 바라볼 수 있는 작은 창문이 있다. 율리아와 나는 늦은 밤이 되도록 그곳에서 여자들의 이야기를 나누고 정치에 대해 말한다. 우리는 매시간마다 작은 잔으로 한 잔씩 천천히 보드카를 마신다. 율리아는 숲에서 찍은 사진들을 보여준다. 여긴 생선을 요리하는 엄마, 저긴 낚시하는 이반, 이쪽은 말을 돌보는 볼로디아, 아, 그리고 여기, 엄마와 함께 차를 마시는 너야, 이 년 전인데, 기억나? 그럼, 당연히 기억하고 말고, 율리아, 기억하는 게 내 직업이야. 밤이 깊어지고, 더는 나눌 이야기와 보드카가 없어지고서야 나는 율리아의 딸인 바실리나 옆의 침대로 자러 간다. 바실리나는 나와 함께 자는 것을 좋아하고 나 역시 마찬가지다. 우리는 일어난 뒤에도 이불 속에서 오랫동안 나오지 않고 속닥거린다. 바실리나는 내 짧은 머리카락을 만지며 웃는다. 달라졌지만 재밌어요. 바실리나는 나에게 숲에 대해, 트바이안에 대해 말하기 시작한다. 그리고 지금 숲에 있는 가족들이 무엇을 하고 있을지 궁금해한다. 보자, 아침 10시네. 아마도 할머니는 요리하고 있을 거예요. 이반은 사냥에서 돌아왔을 테고. 아니면 둘이 함께 나무를 베러 갔을지도 모르고요. 어쩌면, 그렇겠다.

그날 조금 있다가 바실리나는 그림을 그린다. 나무

를, 강을, 여우를, 트바이안의 집을, 물고기를 그린다. 부재하는 것들의 윤곽을 딴 다음 질리지도 않고 색칠한다. 그림 그리는 게 좋아요, 그러면 여기에서 벗어날 수 있으니까. 그녀가 나에게 설명한다. 아빠는 너무 큰 꿈을 꾸지 말래요, 어떻게 생각해요? 나는 고민한다. 나는 우리 내면에 자리 잡고 있는 미완성을 피해서는 안 되고 그것에 대면해야 한다고 믿는다. 이것을 어떻게 쉬운 단어들로 옮겨야 할지 몰라서 이렇게 말한다. 바실리나, 만약 자라는 것이 자기 꿈이 사라지는 모습을 보는 것이라면 자란다는 건 죽음과 같아, 만약 칸이 이미 정해져 있고 그저 채우기만 하면 된다고 말하는 어른들이 있다면, 그런 사람들은 그냥 무시하는 게 나아.

*

나는 오늘 아침에 떠났다. 야로슬라프의 친구가 나에게는 너무 빠르게 느껴지는 사륜구동차를 운전한다. 나는 이 콜리아라고 불리는 자가 썩 마음에 들지 않는다. 그의 얼굴은 붉고 누글누글하며, 이마 위로는 땀방울이 맺혀 있다. 하지만 나에게는 다른 선택지가 없었다. 율리아와 야로슬라프의 주변 사람 중 제일 빨리 시간을 낼 수 있는 사람이 그였고, 급하게 흥정한 보잘것

없는 비용을 받고 이곳에서 800킬로미터가 넘는 거리에 있는 숲의 초입으로 나를 데려다주는 것에 동의한 유일한 사람이었다. 우리는 물과 기름, 식량을 보충하기 위해 밀코보에서 멈춘다. 벌써 밤이다. 금이 간 콘크리트 블록의 연속. 외벽에 붙은 유리 가가린의 초상, 소비에트 사회주의 연방, 붉은 별, 낫과 망치. 이중 어느 것도 멀리 있지 않다. 밀코보에서는 소련 곳곳이 그렇듯이 과거가 어제 일처럼 생생하다. 나는 상점에서 외투 지퍼를 잠가 얼굴 위까지 올리지만 오른쪽 뺨의 부기를 완전히 감추지는 못한다. 계산대에서 직원이 나를 빤히 쳐다보며 묻는다. 치통이에요? 네, 맞아요, 이가 아파요. 견디기. 우리는 다시 자동차 안으로 들어간다.

얼어 있는 길을 따라 사륜구동차가 덜컹거린다. 맹렬한 추위 속에서 여덟 시간째 흔들리는 자동차. 도로 끝에서 한 줄기 빛이 보인다. 드디어 사누스Sanouch다. 나는 빛을 밝히는 전조등을 발견한다. 스노모빌 한 대가 도로 옆에 주차되어 있다. 안도감. 자리에서 빠져나온다. 얼굴이, 머리가, 이곳저곳이 다 아프다. 나는 어둠 속에서 나를 기다리는 그를, 이반을 본다. 그의 품에서 무너지며 터져 나오려는 울음을 간신히 참는다. 지금 당장 내가 얼마나 힘들었는지, 어떻게 저곳에서 죽을 뻔했는지, 몸에 곰의 흔적을 지니며 내가 얼마나 외로웠는지에 대해 모두 말하고 싶다. 하지만 나는 입을 다문다. 그들이 우리를 주시하고 있다. 사누스 검문소의 두 러시아인, 광산 경비원이다. 그들은 막사 문 앞에서 담배를 피우며 우리를 유심히 관찰한다. 그들은 지금 눈앞에 보이는 장면을 이해하지 못한다. 공통점이라고는 하나도 없는 두 이방인이 마치 한 가족이라도 되는 것처럼 포옹하는 장면을.

나는 남은 여정에서 우리를 기다리는 추위에 대비해야 한다. 검문소의 노란 막사와 두 러시아인 쪽으로 다가가며, 마치 얼어붙은 땅 한가운데에서 우리를 안심시키는 등대 같다고 생각한다. 얼마나 아름다운 환시인지. 예전 경비원이던 알렉세이가 떠난 후로, 사누스는 이제 은신처도, 깊은 밤 속에서 우리를 환대하는 빛줄기도 아니다. 사누스는 두 세계 사이의 중간 지대, 스틱스 강이자 그곳의 문지기 케르베로스다.

나는 인사를 건넨 뒤, 혹시 안으로 들어가 따뜻한 곳에서 옷을 갈아입어도 되는지 물어본다. 검문소의 두 러시아인 중 한 명이 드디어 나를 알아본다. 나스티아, 당신이야? 그래, 맞아. 똑같이 처량한 시선. 안으로 들어가자마자 나는 비니를 벗어 발라클라바를 뒤집어쓰고 그 위로는 이반의 엄마 다리아가 만들어준 순록 가죽 재질의 귀덮개 모자를 쓴다. 내가 별로 좋아하지 않아 이름도 기억나지 않는 이 남자는 나의 갈색에 가까운 짧은 머리카락을 뚫어져라 바라본다. 그는 나를 훑어보면서 담배를 피운다. 네 아름답던 금발은 어떻게 된 거야? 비열한 자식. 나는 그의 공격을 견뎌낸다. 불행하기도 하지. 그가 계속한다. 그래. 내가 짧게 대답한다. 그러자 그는 선주민들에 대한 원색적인 비난을 쏟아낸다. 선주민들은 너무나도 가난하고 옹색한 나머지 집도 전기도 없이, 산 너머 숲 어딘가에서, 뿌리 아래 혹은 나무에 난 구멍 안에서 몸을 피할 것이 틀림없다고. 마치 짐승들처럼. 그가 강조한다. 그는 다시 그곳으로 돌아가는 나를 보며 반감을 숨기지 않는다. 나는 그의 말에 더는 주의를 기울이지 않는다. 그저 몇 년 전에 이곳에서 샤를과 나를 곰에게서 지켜준, 부드러운 눈망울에 몸집이 컸던, 샤먼이라고 불리던 하얀 개를 이 난폭한 인간이 술에 잔뜩 취한 어느 날 밤에 죽여버린 일을 생각하며 옷을 마저 입는다. 불쌍한 샤먼. 불쌍한 알렉세이. 만약 알렉세이가 이 일을 알았더라면 매우 고통스러워했을 것이다. 피하자, 빨리. 내가 생각한다.

이반이 문을 열자, 눈바람이 내부를 강타한다. 서둘러, 갈 길이 멀고 벌써 늦었어. 두 남자가 아무 말도 하지 않고 잠깐 시선을 교환한다. 사누스에 침묵이 흐른다. 나는 짐을 챙겨 최소한의 인사를 나누고 밖으로 나온다. 썰매의 가죽 위에 자리를 잡고 장갑을 끼고 로프를 잡는다. 모터 소리가 요란하다. 희미한 빛이 뒤로 사라지고 어둠과 밤이 짙어진다. 우리는 숲으로 들어간다. 나는 눈을 감고 내 몸이 추위에 얼어붙도록 내버려두며 숨을 들이쉰다.

나를 묶고 있던 사슬은 사누스의 막사 앞에, 비열한 두 인간의 발치에 내던져졌고, 이제 아무것도 내 사지를 구속하지 않는다. 눈물이 맺혀 얼굴로 흘러내리다 피부에서 얼어붙는다. 세상의 한 형태를, 나의 세상을 내 뒤에 두고 떠나는 느낌이다. 그 세상에서 나는 부적절한 존재가 되어버렸고, 그 세상에서 나는 나 자신을 이해하는 데 실패했다.

*

삼 년 전, 다리아가 소비에트 연방 붕괴에 대해 들려준 적이 있다. 그녀가 말했다. 나스티아, 어느 날 불빛이 꺼졌고 영혼들이 돌아왔어, 그리고 우리는 숲으로 다시 떠났지. 나는 얼어붙은 밤, 썰매 위에서 이 문장을 떠올리며 생각에 잠긴다. 내가 있던 곳에는 불빛이 꺼지지 않았고 영혼들은 도망갔다. 불빛을 끄고 싶은 마음이 너무나도 간절하다. 그날 밤, 나 역시도 숲으로 돌아간다.

*

자정이 되어 우리는 내가 몇 년 동안 함께 살았던 에벤인 가족의 첫 번째 사냥 기지인 마나스에 도착한다. 이반의 삼촌들이 우리를 기다리고 있다. 함께 말없이 차를 마시다가 결국 아르티움이 침묵을 깬다. 그래도 살아 있어서 다행이야, 그를 원망해서는 안 돼, 그들이 어떤지 알지…… 그들은 우리와 똑같아. 알아. 내가 대답한다. 나는 별로 대화하고 싶은 기분이 아니고, 그는 그것을 알고, 느끼고, 입을 다물고, 자러 간다. 내일 너는 다른 사람이 되어 있을 거야.

해가 뜨고, 나는 오두막의 창문 밖을 바라본다. 그곳에서 멀지 않은 곳의 나무 사이로 색이 바랜 주황색의 부란러시아제 스노모빌 한 대가 엔진을 드러낸 채 세워져 있다. 저게 뭐야? 나는 웃으면서 이반에게 묻는다. 그는 장난기 가득한 눈빛으로 대답한다. 트바이안까지 데려다줄 우리의 말, 어제 우리가 탄 건 아르티움 거였어, 저건 내 거야. 아하, 근데 작동은 하는 거야? 나는 회의적이다. 그럼, 당연히 작동하고말고! 우리는 썰매 위에 식량을 가득 싣고, 그 위로 내 가방을 올린다. 나도 썰매에 탄다. 이반은 언제나처럼 아무 짐도 없이 여행한다. 우리는 떠난다. 하루 종일 나무 사이로 요란하게 걸으며 서쪽으로 나아간다. 이친스카야 화산은 우리의 등 뒤로 점점 멀어지고, 현재 우리가 있는 거대하게 펼쳐진 숲을 가로질러 오호츠크해로 유입되는 이차 강의 발원지도 멀어진다. 100킬로미터는 더 가야 한다. 우리는 저린 다리를 풀고 발을 덥히고 자주 멈추거나 과열되는 부란을 정비하기 위해 멈춘다. 이반은 장갑을 벗고 모터 안으로 손을 넣어 흔들거리는 부품 주위를 줄과 끈으로 묶은 다음 다시 장갑을 낀다. 그가 웃는다. 봤지, 이곳은 아무것도 변하지 않았어, 부란은 순록 같은 거야, 운전할 때 부란도 줄을 사용해야 해! 우리는 다시 출발한다. 바람이 세차게 얼굴을 때리고, 기온은 거의 영하 50도에 이른다. 나는 눈 밑의 나무 오두막을, 불을, 나를 기다리는 다리아를 생각한다. 트바이안은 의심할 바 없는 세상의 끝 중 하나다.

*

트바이안에 도착한 지 며칠이 지났고, 나는 아무것

도, 심지어는 생각조차 하지 않으려고 노력한다. 오늘 아침, 나는 특히 이해하고 치유하고 바라보고 알아내고 예상하려 하는 것을 당장 그만두어야 한다고 생각한다. 얼어붙은 숲속에서는 답을 '찾는' 것이 아니라, 일단 이성적으로 생각하기를 멈추는 것과 겨울 숲에서 살아남기 위해 조직되는 삶의 리듬에 자기를 맡기는 것을 배운다. 나는 추위 속에서 움직임 없이 꼿꼿이 서 있는 바깥의 커다란 나무들의 깊은 침묵을 내 안에서 찾으려고 노력한다. 나는 180도로 방향을 전환하여 왔던 길을 돌아갔다. 검은담비가 눈 위에서 그들의 추격자를 속일 때 그러듯이 내 발걸음을 되짚었다. 어디로 가는지 모르고 어쩌면 어디로도 가지 않을지도 모르는데, 나는 굴속에 있고 그것으로 충분하다. 나는 이 광활한 풍경과 그 안에서 이루어지는 일상의 작은 움직임들을 느낀다. 그것은 봄의 폭발적인 도래를 기다리며 따뜻한 곳에서 버티는 사람들만이 지닌 무한한 인내심의 표현이다.

다리아는 매일 나를 위해 순록 고기를 다지고, 골수를 빼내고, 소화를 도울 생간 조각을, 회복을 도울 익히지 않은 심장을, 호흡을 도울 폐를 나에게 준다. 또한 순록을 잡은 날에는 기력을 위해 순록의 따뜻한 피 한 잔을 건넨다. 나는 이 공간에서 유례없이 약해지고 마는

데, 바로 이 때문에 오늘날 나는 볼 수 있다. 매일 떠났다가 돌아오는 그들의 절도 있는 아름다움을, 일거수일투족의 필요성을, 그들 사이에 존재하고 그들이 나에게 보여주는 사려깊음을. 나는 드디어 이 일상적인 삶의 논리에 나를 맡기는데, 나를 야수의 소굴로 안내했던 발자국을 하나하나 되짚어가는 기분이 든다.

*

어른이 살면서 내내 간절히 찾는 은신처를 태아는 이미 가지고 있다. 우리는 때때로 매일 영양분이 유입되는 포궁의 내벽을 우리 주위에 재건할 수 있어야 한다. 나는 우리가 실패할 때, 세상이 운명의 장난으로 우리를 다시 그곳으로 되돌려 보내려고 한다는 이상한 생각이 든다. 바깥의 무엇인가가 우리를 겉보기에 어딘가 음산해 보이는 문 안에 가두며 내면의 삶을 상기시킨다. 그러나 그 공간은 사실 구원의 공간이다. 사이가 좁은 네 개의 벽, 작은 문과 제한된 접촉. 빅토르 위고는 섬 안에서 바다를 마주하고 시를 써나갔다. 알렉산드르 솔제니친은 미국 버몬트의 숲에서 러시아 이야기를 다시 썼다. 레프 트로츠키는 감옥을 전전하면서 죽음을 피했고, 썼다. 맬컴 라우리는 바다에 직면한 그의 오두막에서 그가 있던 곳에서는 보이지 않는 세상의 소리를 종이 위에 수집했다. 내가 죽음의 문턱에서 돌아오며 화산 아래의 숲에서 머무는 동안 하고 있는 일 역시 그들이 이룬 것과 다르지 않지 않을까? 나를 관통하는 징후와 시대의 모순, 분노, 비극과 완전한 종말을 드러내는 신호들을 더 잘 보기 위해 대담하게 옆으로 비켜나는 것 외에 내가 무엇을 하고 있단 말인가? 나는 너무나도 다른 짐승의 세계를, 병원에선 너무나도 인간적인 세계를 봤다. 나는 내 자리를 잃었고, 그 중간을 찾는다. 나를 재구성하기 위한 공간. 이 피정은 내 영혼이 다시 회복하는 것을 도울 것이다. 이를 위해서는 이 세계 사이의 다리를, 문을 만들어야 할 것이다. 포기란 내 내면의 사전에 존재하지 않기 때문에.

*

새벽 5시, 다리아가 난로를 피우기 위해 잉걸불에 바람을 부는 소리가 들린다. 나는 담요로 둘둘 말린 잠자리에서 일어나 바닥에 펼쳐진 가죽 위에서 자는 남자아이들을 성큼성큼 넘어간다. 난로 근처 다리아 옆으로 가 등받이 없는 의자에 앉는다. 우리는 아무 말도 하지 않고 기다린다. 물이 드디어 끓기 시작한다. 데일 정도로 뜨거운 차가 몸을 따뜻하게 만든다. 그리고 그녀는 희미한 빛 속에서 내 쪽으로 고개를 들고 미소 짓는다. 수줍고 절제된, 사랑이 가득 담긴 미소. 그녀가 속삭인다. 가끔 어떤 동물은 인간에게 선물을 주기도 해, 인간들이 처신을 잘했을 때, 그들의 삶 내내 귀를 기울였을 때, 너무 나쁜 생각을 품지 않았을 때. 그녀는 시선을 내리깔고 천천히 숨을 내쉰 다음 고개를 들고 다시 미소를 짓는다. 곰들은 우리에게 선물을 줬지, 너를 살려둠으로써 말이야.

*

나는 이차 강 주변에 쌓인 눈 위에 앉아서 다리아의 말을 곱씹는다. 지금 드는 감정이 거슬리고 이 거북함을 얼음 아래 물속에 던져버리고 싶다. 나는 심란하다. 다리아의 말이 두 가지 의미로 들리기 때문에. 첫 번째는 나를 감동시키고 깊이 건드리며 내가 왜 트바이안에 왔는지 상기시킨다. 두 번째는 내게 짜증과 반항심을 유발하고, 다시 한번 더 도망치고 싶게 만든다.

나를 감동하게 하는 것에 관해 말해보자. 이곳에는 서구에서 인정하는 것 말고도 다른 무엇인가가 존재하는 것이 사실이다. 다리아와 같은 사람들은 그들이 숲에 살고, 느끼고, 생각하고, 듣는 유일한 존재가 아니라는 것과 그들 주변으로 다른 힘이 작용한다는 것을 알고 있다. 이곳에는 인간과 무관한 의지가, 인류를 벗어난 의도가 존재한다. 나의 옛 스승 필리프 데스콜라가 말했듯이, 우리는 끊임없이 탐험되었기 때문에 포괄적으로 사회화된 환경 안에 놓여 있다. 그는 이러한 세계의 유형을 설명하고 묘사하기 위해 애니미즘이라는 단어를 재정의했고, 나를 비롯한 많은 사람이 몸과 마음을 바쳐 이 길로 그를 따라갔다. '곰들이 우리에게 선물을 준다'라는 문장에는 동물과의 대화가, 통제할 수 있는 형태로 나타나는 법이 거의 없긴 하지만, 그래도 가능하다는 생각이 깃들어 있다. 그리고 이 문장엔 모두가 서로를 관찰하고, 듣고, 기억하고, 주고받는 세계에 산다는 증거가 존재하고, 우리 이외에 다른 생명에 대한 일상적 관심도 있고, 또한 마지막으로 내가 인류학자가 된 이유 역시도 존재한다.

왜 우리와 함께 살고 싶은 거야? 다리아는 나와의 첫 만남 이후 며칠이 지난 뒤에 이렇게 물었다. 이 모든 것들 때문에요. 내가 말했다. 사라지지 않은 매우 오래된 것들이 있으니까, 그리고 그것들이 당신들 사이에서 현재의 것으로 존재하니까요. 하지만 이것이 모든 것은 아니고 바로 여기에 문제의 핵심이 있다. 나를 못 견디게 하는 것들은 이런 것들이다. 다리아가 곰들이 나를 인간 세계에 살려 돌려보냄으로써 선물을 했다고 말했을 때, 곰과 나는 다시 한번 우리 자신이 아닌 다른 것을 구현한다. 우리의 만남의 결과는 부재한 자들을 향하고, 부재한 자들에 대해 말한다. 얼음 아래로 흐르는 물을 보려고 머리를 쥐어짜는데, 층이 두꺼워서 쉽지 않다. 나는 생각한다. 곰 한 마리와 여자 한 명, 이것은 너무나도 큰 사건이다. 그것은 한두 개의 사고 체계에 즉시 동화되기에는, 특정한 담론에 의해 도구화되거나 그것에 통합되기에는 너무나 거대하다. 사건은 받아들여질 수 있도록 변형돼야 하고, 이해될 수 있도록 필요 이상으로 소비되고 소화되어야 한다. 왜냐고? 이것은 상상하기엔 너무나 끔찍하고 우리가 이해할 수 있는 모든 영역을, 심지어는 캄차카 반도의 깊숙한 숲에 사는 에벤인 사냥꾼들의 영역마저도 벗어나기 때문이다.

그렇기 때문에, 동그라미 안의 삼각형 혹은 사각형 안의 동그라미처럼 내가 다른 것들의 영역 안으로 맞춰지는 것이 불가피하게 요구되기 때문에, 내가 나 자신이 아닌 사각형 혹은 원형이 되지 않기 위해서는 판단을 유보할 줄 알아야 한다. 왜냐하면 나를 위해서 그가 나타났고, 그를 위해서 내가 나타났기 때문이다. 의미가 부유하도록 내버려두는 일은 어렵다. 내가 이 만남에 대해 모든 것을 알지 못한다는 것을 인정하고, 곰들의 세계의 가정된 욕망desiderata을 내버려두고, 이 불확실성을 선물이라고 받아들이기도 어렵다. 따라서 우리는 그림자 속에 위치하고 빈 공간에 둘러싸인 장소, 존재와 사건에 대해 성찰해야 한다. 그곳에서 우리는 표준적인 관계로는 설명할 수 없고 구조화할 수도 없는 경험의 핵심과 마주한다. 이것이 바로 곰과 나의 현재 상황이다. 모두가 말하고 있지만 아무도 이해하지 못하는 사건의 중심에 있게 된 것. 바로 이러한 이유로 다리아의 말이 얼마나 애정 어린 말인지에 상관없이 축소적이고 심지어는 뻔한 해석에 내가 계속해서 부딪히는 것이다. 우리는 의미론적인 공백에, 모든 공동체와 관련이 있고 그들을 공포에 질리게 만드는 보이지 않는 영역을 마주하고 있다. 누군가는 바로 이러한 이유로 서둘러 사건에 이름을 붙이고, 정의하고, 경계를 짓고, 형태를 부여한다. 사건에 불확실성을 남겨두지 않는 것은 그것을 기어코 인간 집단의 영역에 집어넣으려고 규범화하는 것이다. 그런데도. 곰과 나는 경계에 있는 상태에 대해 말하고, 그것이 아무리 끔찍할지라도 아무도 이를 바꾸지 못할 것이다. 내 뒤로 나뭇가지가 부러지는 소리가 난다. 누군가 다가온다. 나는 결심한다. 그들은 그들 마음대로 말할 것이다. 하지만 나는 이 중간 지대에 거주할 것이다.

어깨에 손이 올려진다. 괜찮아? 괜찮아. 이반은 내 옆에 쌓인 눈더미에 앉더니 담배를 한 대 꺼내 불을 붙이고 묻는다. 한 대 줄까? 좋지. 우리는 아무 말도 하지 않고 담배를 피운다. 무슨 생각해? 나는 눈을 감는다. 속이 부글거린 지가 몇 시간이 지났는데도 단어 하나를 내뱉기가 어렵다. 그리고 갑자기 그것이 나를 덮친다. 나는 고개를 숙이고 무릎에 얼굴을 감춘다. 뺨 위로 눈물이 맺히기 시작하고 곧 걷잡을 수 없이 흐른다. 뼈가 부러지고 이가 부서지고 꽉 물고 있던 턱이 느슨해지는 것을 느낀다. 입안에서 번지는 피 맛을 참을 수가 없다. 아아아흐으윽. 끓어오르는 신음 사이에 오열이 터져 나온다. 이반은 긴 숨을 내뱉은 다음 왼팔로 내 어깨를 감싸고, 몸을 비틀어 오른쪽 주머니에서 담배 한 대를 더 꺼낸다. 불이 붙고, 연기가 피어오른다. 다시 생각나는 거야? 그가 묻는다. 응, 전부 다, 장면이 계속 반복돼, 전혀 유쾌하지 않은 일이야. 내가 대답한다. 눈물을 닦고, 그의 포옹에서 빠져나온다. 지나간 일들을 재연하는 영상이 내 눈 뒤편으로 사라지고 나는 거칠게 숨을 내쉰다. 일어나, 차 마시러 가자, 너 꽁꽁 얼었어. 그는 얼음 위로 꽁초를 던지고 내가 일어날 수 있도록 팔을 잡아준다. 우리는 강을 뒤로한 채 집으로 돌아간다.

*

순록 고기로 배가 잔뜩 차 기분이 좋다. 겨울의 오두막 안, 견디기 힘들 만큼 덥지만, 잠들기 전의 저녁은 항상 이렇다. 밤을 보내기 위해 난로를 가득 채워야 한다. 나는 어둠 속에, 순록 가죽 위에 이불 없이 누워 있고, 소년들은 내 오른쪽 바닥에 펼쳐진 가죽 위에 누워 있고, 다리아는 내 옆에 앉아서 바느질한다. 그녀의 딸 나타샤와 그녀보다 나이가 더 많은 사위 바시아(그는 일흔 살이다)는 좀 전에 도착했고, 불에서 가까운 곳에 잠자리를 준비하는 중이다. Polovaïa jizn. 이반이 '바닥에서의 생활'을 언급하며 웃는다.

사람들이 잠자리에 들면서 내는 소리가 나를 차분하게 만드는 중에 나는 오늘 일어난 모든 일을 다시 생각한다. 반쯤 잠이 든 상태에서 갑자기 장막이 들춰진다. 눈을 뜬다. 나는 내 길을 가로막고 선 야수를 보고 그도 그의 길을 막아선 나를 본다. 이 맞부딪는 시선에는 앞으로 무슨 일이 일어날지 예고하는 모든 것이 담겨 있다. 이렇게 보면 거의 명백한 일이다. 나는 혼자 미소 짓는다. 그렇게 생각할 수 있을 것이다. 야수는 이에 대답하기 위해 턱을 물어뜯는다. 이 생각을 마지막으로 나는 잠에 빠져든다.

말들이 눈 속에서 질주한다. 백여 마리쯤 되는 것 같다. 나는 툰드라 한가운데에 혼자 있다. 그들이 나를 향해 눈구름을 일으키며 돌진하는 바람에 앞을 볼 수 없다. 나는 눈을 감고 충돌에 대비한다. 하지만 충돌은 일어나지 않고, 내 오른쪽, 왼쪽으로 반복해서 지나가는 그들의 숨결을 느낀다. 그러다 나중에는 아무것도 느껴지지 않는다. 나는 뒤를 돌아본다. 하얀 눈구름이 멀어지다가 이내 사라진다.

눈을 뜬다. 소년들의 숨소리가 고르다. 아직도 밤이다. 다리아는 내 근처에 누워 눈을 뜨고 나를 바라보고 있다. 꿈꿨지. 그녀가 속삭이며 묻는다. 네. 이번에 무엇을 봤니? 말, 눈 속의 백여 마리의 말. 그녀가 말한다. 좋네, 말은 항상 좋은 신호야, 그들은 멀지 않은 곳에서 너에게 말을 건네고 있어. 아무 말도 없었는데요. 내가 대답한다. 말은 너에게 단어로 말하지 않아, 네가 이해하지 못할 테니까, 만약 네가 그들을 봤다면 그건 그들이 너에게 말하고 있다는 거야.

*

나는 알래스카 포트 유콘에 사는 나이 많은 그위친인 현자 클래런스를 떠올린다. 그는 내가 그의 마을에 머물렀던 몇 년 내내 소중한 친구이자 대화 상대였다. 그가 모든 것은 줄곧 '기록되어' 있고 숲은 '알고' 있다고 말할 때마다 나는 그를 흥미롭다는 듯이 바라봤다. Everything is being recorded all the time. 그는 반복해서 말하곤 했다. 나무, 동물, 강과 같은 세상의 모든 부분은 우리가 하는 일과 하는 말, 때로는 우리가 꿈꾸고 생각하는 것까지도 기억한다. 바로 이 때문에 우리가 하는 생각에 매우 주의를 기울여야 하는 것이다. 이 세계는 아무것도 잊지 않고, 세상을 구성하는 각 요소는 모든 것을 보고 듣고 안다. 무슨 일이 예견되는지, 무슨 일이 생기는지, 무슨 일이 준비되고 있는지. 인간 외부에는 항상 인간의 기대를 뛰어넘을 준비가 된 존재들이 있다. 또한 우리에게서 비롯된 모든 생각의 형태는 환경에 정보를 전달하는 오래된 이야기와 그곳에 거주하는 자들의 조건에 혼합되고 추가된다.

클래런스에 따르면 현재의 표면 위로 나타나는 무한함이, 계속해서 추가되는 역사의 파편들을 먹이로 삼는 꿈의 시간이 존재한다. 화산 밑에서 들끓으며 분화구에서 분출하게 할 무엇인가를 기다리는 용암 같은 잠재성과 격동성이 이 세계에 존재한다. 바로 이러한 이유로 모두가 잠에 취한 유르트 안에서 다리아와 바시아가 목소리를 낮추고 속삭이며 그들이 꾼 꿈에 대해 말하는 것이다. 다른 사람들을 깨울까 봐 그래요? 어느 아침에 내가 물었다. 아니, 그들이 우리 이야기를 듣는 걸 원하지 않아서 그래, 밖에 있는 그들 말이야. 다리아가 대답한다.

*

숲과 함께 꿈을 꾸는 것은 편안한 일이 못 된다. 나는 곰과 조우한 이후로 나아질 거라고, 어쩌면 아예 멈출 거라고 생각했다. 그렇게 되기를 바랐다. 검고 텅 빈 밤을 보내고, 그저 잠만 자고, 더는 새벽이 오기 전에 땀에 젖은 채로 깨어나지 않고, 아침에 이해 불가능한 이 이미지들이 덮치지 않고, 하루 종일 그것이 무엇을 의미하는지 생각하지 않아도 되기를. 하지만 그것은 계속된다. 어쩌겠는가.

이것이 나에게 무슨 일이 일어나는지, 무슨 일이 일어났는지 내가 이해하지 못한다는 말은 아니다. 클래런스가 말하듯 '먼 곳으로 꿈을 꾸러 떠나는' 사람들 곁에서 내가 연구한 지 구 년이 지났다. 어깨에 텐트를 지고 뭐 하고 계세요? 오 년 전, 내가 포트 유콘에서 슬그머니 멀어지며 숲으로 향하는 그에게 물었다. 여기서는 아무것도 들리지 않아, 아무것도 보이지 않는 것은 물론이고 말이야, 잡담이, 안락함이, 가족이 너무 많고 나머지는 충분하지 않아, Too much fuss너무 야단법석이야! 나는 더 멀리 꿈을 꾸러 떠나야겠어. 그렇군요. 나는 적어둔다. 시간이 지남에 따라 나 역시 그곳에서 꿈을 꾸기 시작했지만 가끔이었다. 검은가문비나무 사이로 내가 뒤쫓는 늑대, 유콘 강 빙하 무더기 아래로 잠수하며 나에게 따라오라고 하는 비버. 나는 이 꿈들이 딱히 걱정할 만한 것은 아니고, 인류학자라는 직업의 기반을 구성하는 공감 능력의 단순한 신호일 것으로 생각했다.

하지만 내가 화산 밑, 이차 강의 에벤인들 곁으로 오고 난 이후로 모든 것이 변했다. 더 정확히 말하자면 모든 것이 강력해졌고 촘촘해졌다. 나는 쉼 없이 꿈을 꾸기 시작했다. 다리아는 놀라지 않았다. 그위친인들 곁에 있을 때 클래런스가 그랬듯이 그녀는 자기 집에서 내가 꿈을 꾸는 것이 매우 정상이라고 생각했다. 꿈을 꾸기 위해서는 낯선 곳에 있어야 해. 하루는 그녀가 나에게 말했다. 그래서 나는 집에 오랫동안 머무르지 않는 거야, 너는 집과 아주 멀리 떨어져 있어…… 이 모든 걸 보는 게 놀랍지도 않지. 그녀가 결론지었다. 나는 처음에 아주 좋은 일이라고 생각했다. 꿈에 적용된 애니미즘에 대해, 영혼의 침투성에 대해, 존재론의 얽힘에 대해, 세계 사이의 대화에 대해, 꿈의 횡단성에 대해, 그리고 기타 등등에 관한 좋은 글쓰기 주제가 되겠다고.

얼마나 오만한 생각이었던지. 내면의 동요가 진정으로 나를 나 자신 밖으로 몰아내지는 않을 것이라고 믿었던 것이. 그래서 동요하던원문 'A-gîtée'의 gîter에는 한곳에 머무른다는 뜻이, agîter에는 동요하다라는 뜻이 있다 나는 꿈을 꿨다. 벽 밖에서, 가족 밖에서, 일상의 외부에서. 다리아와 클래런스가 일러주던 것처럼 외부와의 연결고리를, 효력이 있는 연결고리를 만들려고. 하지만 이는 누구를 향해, 무엇을 향해 나아가기 위한 것일까?

*

나는 곰의 배 위에 누워 있고 곰은 한 발로 나를 보호하듯 감싸고 있다. 곰은 거대하고 회색이다. 우리는 이런저런 이야기를 나누고 같은 언어를 사용한다. 곰과 나의 몸은 구분할 수 없이 섞여 있고 내 피부는 그의 두

터운 털가죽 안에 파묻혀 있다. 조용히 대화를 나누던 중 갑자기 나는 어렴풋한 불안을 느끼는데, 두 번째 그리고 세 번째 곰이 방에 나타날 때다(우리는 내가 모르는 집 안 침대에 누워 있다). 한 마리는 검은색이고, 다른 한 마리는 갈색이다. 그들은 더 어리고 덩치도 더 작다. 그들이 나를 스치듯 지나가고 나는 갑자기 위협을 느낀다. 나는 그들의 발톱을, 이빨을, 그리고 단번에 내 신체와 공명하기 시작하는 그들의 양면성을 알아채고, 이 만남의 결말이 어떻게 될지 확신하지 못한 채 겁에 질린다.

나는 실제로 곰을 만나기 전에 트바이안에서 이 꿈을 꿨다. 다리아는 밤의 이미지들이 항상 순수한 투영인 것은 아니라고 말한다. 기억의 꿈 혹은 욕망의 꿈. 이번 꿈이나 저번 밤의 말이 나온 꿈처럼, 우리가 통제할 수 없지만 외부의 존재와 연결되고 대화의 가능성을 열어주기 때문에 우리가 기다리는 다른 꿈이 존재한다. 왜 이것이 중요할까? 이 꿈들은 우리가 낮 동안 자신의 위치를 알 수 있게 하고 도래할 관계가 어떨지에 대한 단서를 주기 때문이다. 그들과 함께 꿈꾸는 것, 그것은 정보를 얻는 것이다. 그렇기 때문에 우리는 긴 여행에서, 긴 사냥에서, 길게 다른 곳에서 머물다 돌아온 자들을 살핀다. 다리아가 한밤중에 내 잠든 몸이 감출 수 없는 떨림, 급작스러운 움직임, 신음, 땀과 같은 신호들을 유심히 살피듯이.

*

오늘 아침, 밤과 꿈이 끝날 무렵 다리아가 나를 밖으로 이끈다. 남자애들은 놔두고 숲에 덫을 놓으러 가자. 그녀가 나에게 말한다. 알았어요. 다리아는 전사다, 진짜 전사. 트바이안에서는 남자가 사냥하고 여자는 요리한다는, 이 낡은 견해는 완전한 착각이다. 이는 서양인들이 자신들의 사회가 진화했고 성별에 따른 역할을 극복했다고 자랑스럽게 생각할 수 있도록 만들어진, 잘 만든 허구일 뿐이다. 여기서는 모두가 모든 것을 할 줄 안다. 사냥, 낚시, 요리, 빨래, 덫 놓기, 물 길어오기, 열매 채집, 나무 자르기, 불 피우기. 매일 숲에서 살기 위해서는 역할의 유동성이 절대적으로 필요하다. 사람들의 끊임없는 이동과 일상적인 유목 생활은 모두가 언제든지 모든 일을 할 수 있어야 한다는 것을 뜻한다. 가족 구성원이 자리를 비울 때, 실질적인 생존은 공유된 능력에 달려 있기 때문이다.

떠나는 데 너무 급급했던 나머지 스키를 가져올 생각조차 하지 않아, 높게 쌓인 눈 속으로 그냥 뛰어든다. 우리는 강의 지류를 가로지른다. 강둑을 따라 빽빽이 들어선 자작나무 사이 좁은 공간을 헤치고 커다란 나무들이 드리워진 곳으로 간다. 힘겹게 나아가던 중 다리아가 드디어 멈추고 길을 막고 있는 커다란 나무의 꼭대기를 향해 고개를 들어 올리며 미소를 짓는다. 그리고 나무 몸통에 난 구멍 하나를 가리킨다. 저기. 그녀가 말한다. 우리는 가장자리의 눈을 치우고, 나는 배낭에서 녹슨 철제 덫을 꺼내 그녀에게 건넨다. 그녀는 덫을 설치하고 미끼로 연어 꼬리를 올려둔 다음 덫이 작동하도록 준비한다. 자, 다 됐어, 앉을까? 그녀는 내 앞에 자리를 잡고 내 눈을 바라본다. 그녀가 시작한다. 나스티아, 내가 너에게 전에 말했지, 곰을 만나기 전에도 네가 꿈을 많이 꿨다고, 그리고 너도 알다시피, 계속되고 있어. 나는 생각한다. 짓궂기도 하지. 나는 검은담비 대신 덫에 걸린 쥐 꼴이다. 다리아가 계속한다. 모든 사람이 할 수 있는 일은 아니야, 너는 곰 이전에 이미 마추카였는데, 이제 너는 반반인 미에드카가 되었어, 이게 무슨 뜻인지 알겠니? 이 말은 네 꿈이 네 것인 동시에 그의 것이기도 하다는 뜻이야, 너는 다시 떠나면 안 돼, 이곳에 머물러야 해, 우리는 네가 필요해.

우리는 눈 속으로 왔던 길을 되돌아간다. 아마도 검

은담비가 이 나무로 올라선 다음에 여기로 갈 거야, 그리고 틀림없이 땅으로 가서 한 바퀴 둘러본 다음 물고기를 볼 테지. 다리아가 말한다. Vidno boudet, 두고 보자고, 덫에 걸렸는지 확인하려면 이틀 뒤에 와야 해. 나는 고개를 흔들며 그녀 뒤에서 조용히 웃는다. 내 발자국이 그녀의 발자국을 따라간다. 이미 누군가 덫에 걸렸고 당신은 그걸 잘 알고 있잖아. 나는 조용히 생각한다. 이렇게 될 것을 예상했어야 했다. 예정된 일이었다. 문제는 그것이 언제냐는 것이었다. 이미 이렇게 됐네. 내가 생각한다. 나는 이제 무엇을 할 수 있을지 생각하고, 다시 한번 짜증이 난다. 내가 아는 것은 이것이 여섯 달 전에 나를 이곳에서 쫓아낸 꿈과 같은 꿈이라는 것, 나를 곰의 주둥이로 이끈 꿈과 같은 꿈이라는 것이다. 나는 다시 시작하고 싶은 마음이 추호도 없다. 함께 꿈꾸는 것은 너무나도 무섭다.

*

"과거를 반복에서부터 조금이라도 해방하는 것, 이것은 이상한 과업이다. 과거의 존재가 아니라 과거의 결속에서 우리 자신을 해방하는 것, 이것은 오묘하고도 가련한 과업이다. 지나간 일, 일어난 일, 일어나고 있는 일의 연결고리를 푸는 일은 단순하지만 힘든 과업이다." Pascal Quignard, 《Abimes》 나는 십 년 전, 알래스카의 현장에 있었을 때, 파스칼 키냐르를 읽기 시작했다. 그때는 이 문장의 의미가 완전히 다가오지 않았다.

그 만남 이전에 내 세계가 전반적으로 변화했다는 것은 부인할 수 없는 사실이다. '나와 세상과의 관계의 변화', 사람들은 광기를 학술적으로 이렇게 정의한다. 그렇다면 이는 무엇을 뜻하는가? 아직 아무것도 견고하지 않고 존재하는 것들의 경계가 여전히 부유하는, 모든 것이 여전히 가능한 몽환적 시간의 심연으로 천천히 해체되어서 내려가듯이, 우리와 외부의 경계가 점점 지워지는 한 시기, 짧거나 긴 순간.

그 여름, 내가 숲 밖으로 도망친 이유에 앞서 먼저 밝혀야 할 것은 내가 몇 년 전에 어떻게 내 세상을 떠나 숲으로 도망쳤느냐 하는 것이다. 꽤 진부한 생각이 오래전부터 머릿속에서 맴돈다. 누구도 앙토냉 아르토프랑스의 시인이자 연출가의 말을 듣지 않았지만, 그가 옳았다. 우리는 문명이 초래하는 소외에서 벗어나야 한다. 하지만 마약, 술, 멜랑콜리, 궁극적으로 광기, 그리고, 혹은 죽음은 해결책이 될 수 없고 다른 것을 찾아야 한다. 그것이 내가 북쪽의 숲에서 찾으려고 했으나 부분적으로밖에 발견하지 못한, 여전히 찾고 있는 것이다.

나는 인류학 박사 학위를 받은 학자다. 나에게는 산등성이를 따라 사는 동반자가 있고, 산에는 내 집이 있다. 준비 중인 책도 있다. 모든 것이 겉으로는 괜찮아 보인다. 하지만 무엇인가 나를 괴롭히고, 배 속 깊은 곳을 갉아먹고, 머리는 타버릴 것만 같고, 나는 나의 끝을, 어쩌면 어떤 주기의 끝 역시도 느낀다. 의미는 퇴색하고, 내가 묘사했던 알래스카 그위친인에 대한 것을 내면에서부터 경험하는 느낌을 받는데, 나는 이제 나를 알아보지 못한다. 이것은 끔찍한 느낌이다. 내가 연구하던 사람들에게서 관찰했다고 생각한 것이 바로 나에게 일어나기 때문이다. 평소의 내 모습은 바스러진다. 내 글은 제자리걸음을 하고, 나에게는 이 이상의 어떠한 흥미로운 말도, 말해질 가치가 있는 것도 없다. 나의 애정은 점점 사라지고 만다. 단어와 높이, 그 정점에도 불구하고, 그들의 요구와 무관심에도 불구하고, 나는 소모적인 정신적 맴돌기 속에서 녹초가 되고, 이를 육체적인 도전으로 상쇄하려고 해보지만, 소용이 없다. 나는 점점 더 가라앉는다.

내가 나의 외부에서 일어나는 일에 타격을 받는다고 하면 얼마나 많은 심리학자가 나를 미친 사람으로 취급할 것인가? 재앙의 가속화가 나를 마비시킨다고 말하면? 더는 아무것도 통제할 수 없다는 기분이 든다고 하면? 아, 그래서 당신이 그렇게 산에 집착하는 것이군요! 맞다. 그리고 바로 산 마저도 무너지고 있기 때문에 이 붕괴는 점점 더 심각해진다. 녹아가는 빙하 때문에, 폭염 때문에 사라지는 응집력. 지주가 무너지고 바위가 쏟아진다. 이것이 현실이다. 친구들은 암벽 아래로 추락한다. 이것이 등산에 대한 나쁜 비유일까? 나는 그렇게 생각하지 않는다. 정확하게 무엇인지는 모르지만 한 가지 확실한 것은 나를 아프게 하고 방향을 잃게 만드는 무엇인가가 내 안에서 공명하고 있다는 것이다.

내 내면의 혼란을 풀리지 않은 가족의 문제로, 너무 일찍 세상을 떠난 아빠와 충족되지 못한 엄마의 기대로 요약할 수 있었다면 더없이 간단했을 것이다. 그랬다면 나는 우울증을 '해결'할 수 있었을 것이다. 하지만 그럴 수 없다. 내 문제는 그것이 오로지 나만의 것이 아니라는 데 있다. 나의 문제는 내 몸에서 발현되는 멜랑콜리가 세상에서 비롯되었다는 것이다. 나는 영국의 소설가 맬컴 라우리가 말했듯 '우리를 관통하는 바람'이 되는 것이 가능하다고 생각한다. 그리고 그처럼, 그리고 다른 많은 사람처럼, 우울증에서 벗어나지 못하는 것이

흔한 일이라는 것도 알고 있다. 나는 이차 강의 에벤인들에게 합류해서 그들과 숲속에서 함께 살았다. 그리고 이것은 비교 연구를 하기 위해서라는 이유를 뛰어넘는 것이었다. 나는 한 가지를 이해했다. 세계는 겉보기와는 달리 곳곳에서 동시에 무너지고 있다. 트바이안이 특별한 점은 여기서는 사람들이 이 폐허를 의식하고 살고 있다는 것이다.

*

매일 아침 나는 트바이안스카이아의 물구멍으로 양동이를 담근다. 그리고 몇 분 동안 가만히 있는다. 얼음 밑으로 물이 흐르는 모습을 바라보는 것이 좋다. 이 50센티미터 반경의 구멍은 마치 창문, 천창 같다. 표면에는 움직임이 없고 절망적일 정도로 정체되었지만 여전히 모든 것이 움직이는 아래의 세계로 난 조망점. 바로 보이는 것을 믿지 말 것, 나는 매번 생각한다. 숨겨진 것을 향해 더 멀리 혹은 더 깊이 볼 것.

나는 우리가 사는 세상에 의미가 있긴 하다는 것을 받아들인다. 리듬. 방향. 동쪽에서 서쪽으로. 겨울에서 봄으로. 새벽에서 밤까지. 샘에서 바다까지. 포궁에서 빛까지. 하지만 가끔 코페르니쿠스를 생각한다. 그 시대에 세상이 우리가 돈다고 믿는 방향으로 돌지 않는다고, 세상의 회전 방향은 우리가 감각할 수 있는 방향이 아니며 우리가 인식하는 것의 반대라고 주장함으로써 그가 저지른 불경죄에 대해. 코페르니쿠스의 직관은 존재가 자신의 기원을 향해 비논리적으로 거슬러 올라가는 귀환의 문제와 관련이 있을까? 강은 바다로 흐르지만 연어는 생을 마감하기 위해 강을 거슬러 오른다. 삶은 배 바깥으로 우리를 밀어내지만 곰은 꿈을 꾸기 위해 땅 밑으로 내려간다. 기러기는 남쪽에서 살지만 번식을 위해서 북극 하늘로 돌아온다. 인간은 동굴과 숲을 벗어나 도시를 건설했지만 어떤 이들은 다시 발걸음을 되돌려 숲에서 산다.

나는 우리의 삶을 예상치 못한 방향으로 이끄는 눈에 보이지 않는 무엇인가가 존재한다고 생각한다.

*

바시아가 찻잔에 차를 따르고 향기를 음미한다. 그는 물고기 세 마리를 잡아 오는 길이다. 다리아가 그녀의 예지몽과 만족할 만한 낚시 결과물로 그를 약 올린 일주일 동안, 그는 매일 빈손으로 돌아왔다. 물고기들이 원하지 않으면 어떻게 할 방법이 없다고, 강에서 돌아오는 그가 말하곤 했다. 나타샤는 생선튀김을 준비하고, 난로 위에서는 기름이 지글거린다. 이날 오후 한가운데의 오두막은 거의 비어 있다. 이반은 들꿩 사냥을 하러 나갔고 볼로디아는 나무를 주우러 갔다. 다리아는 밖에서 개를 돌본다. 바시아와 나는 낮은 탁자에 팔꿈치를 괴고 있다. 바시아가 도착한 이후로 그와 말할 기회가 없었지만, 나는 그의 눈에서 그가 이 순간을 일주일 동안 기다렸다는 것을 알아차린다. Chto, skaji, 뭐예요, 말해봐요. 그의 팔을 덮고 있는 상처, 숍호스에서 고되게 일했던 시절의 흔적, 이곳에 여전히 위험한 트랙터가 있던 시절의 흔적을 보여주면서 그가 나에게 아직도 상처가 아픈지 물으며 에두르고 있을 때, 내가 먼저 말을 던진다.

곰들은 모든 동물 중에서도 가장 영리해. 그가 나에게 말한다. 그들은 사람만큼이나 강하지, 알고 있었어? 알고 있었어요. 왜 곰이 네 얼굴을 물었는지도 알아? 그가 묻는다. 아니, 몰라요. 그가 손가락으로 내 눈을 가리킨다. 이것 때문이야. 그가 말하고, 웃는다. 바시아는 일흔 살의 나이가 되어서도 항상 웃는다. 매우 진지할 때도 마찬가지다. 그가 눈썹을 찡그리며 말을 잇는다. 곰은 자신을 바라보는 인간의 눈을 참지 못해, 그 안에서 반사되는 자신의 영혼을 보기 때문이야, 이해할 수 있겠어? 아니, 잘 모르겠어요. 내가 답한다. 매우 간단한 걸, 나스티아, 인간의 눈을 본 곰은 항상 그가 그곳에서 본 것을 없애려고 해, 곰과 시선을 마주쳤다면 곰은 필연적으로 너를 공격하게 돼, 곰의 눈을 똑바로 봤지? 맞아요. 아! 그가 외친다. 그럴 줄 알았지! 내가 이미 다른 사람들한테 말했는걸, 하지만 다리아는 항상 내 입을 다물게 해, 그녀는 우리가 무슨 일이 일어난 건지 이야기하는 것을 원하지 않아. 내가 그에게 미소 짓는다. 그건 다리아가 엄마이기 때문이에요, 엄마들은 그들이 사랑하는 존재가 고통받는 것을 원하지 않거든요. 흠. 그가 중얼거린다. 우리는 침묵 속에서 차 한 모금을 마신다. 곰이 인간과 다른 점은 그들이 스스로를 똑바로 바라볼 수 없다는 거야. 이제 무슨 말인지 알겠어? 네, 이해했어요, 곰들이 거울을 가지고 있지 않은 게 다행이네요, 안 그랬으면 모두 미쳐버렸을걸요! 바시아가 맑은 웃음을 터뜨리고 나도 함께 웃는다.

그날이 지나고 며칠간, 나는 바시아가 한 말을 곱씹고, 필연적으로 장 피에르 베르낭을, 그의 책《눈 속의 죽음La mort dans les yeux》의 한 구절을 생각한다. "정면성의 대면 속에서 인간은 신에 대해 대칭적인 위치에 자리 잡는다…… 매혹은 인간이 더는 이 힘에서 시선을 뗄 수 없고, 고개를 돌릴 수 없다는 것을, 그의 눈이 힘을 바라보는 것처럼 그를 바라보는 힘의 눈 안에서 길을 잃었다는 것을, 그 자신이 이 힘이 다스리는 세계 안에 투영되었다는 것을 의미한다." 베르낭에게 메두사를 본다는 것은 자기 자신이 되기를 멈추고 저 너머로 자신을 투영한다는 것이고, 다른 존재가 되는 것이다. 곰을 보는 인간 혹은 인간을 보는 곰을 바라본다는 것은 바시아에게 있어서 '전환성'을 형상화하는 것이다. 또한 극단적인 타자성이 사실상 가장 커다란 유사점으로 드러나는 대면을 묘사하는 것이고, 한 존재가 다른 세계에서 자신의 또 다른 자아를 비추는 거울인 공간을 그리는 것이다.

나는 알래스카 사냥의 주제에 대해 연구하면서 이미 베르낭을 생각했었다. 파시누스fascinus가 광기 혹은 죽음으로 내던지려고 신체를 탈취하는 순간에 대해서도. 하지만 내가 틀렸다. 나는 《야생의 영혼들》*에서 죽음이

* 나스타샤 마르탱, 《야생의 영혼들Les âmes sauvages》, 라데쿠베르트, 2016.

두 다른 존재의 만남이 야기하는 견디기 힘든 경계에서 벗어나는 가장 효과적인 형태라고 썼다. 다시는 돌아올 수 없는, 그때 시작되는 변신의 주기에서 벗어나는 최선의 형태라고. 하지만 나는 죽지 않았고 곰 역시 마찬가지다.

나는 몇 년 전부터 경계, 가장자리, 어느 곳에도 속하지 않는 상태, 접경지대, 그리고 중간 세계에 대해 써왔다. 다른 존재의 힘을 만나는 것이 가능한 곳, 자기가 변질될 위험을 감수하는 곳, 그리고 한번 가면 다시는 되돌아오기 힘든 매우 특별한 공간에 대해서. 나는 매혹의 함정에 빠져서는 안 된다고 항상 스스로에게 말해왔다. 사냥꾼은 먹잇감의 냄새를 풍기고 그 가죽을 뒤집어쓰고 목소리를 흉내 냄으로써 위장하지만, 가면 너머에서는 여전히 자신인 채로 상대의 세계로 들어간다. 바로 이것이 계략이고 위험이다. 모든 질문은 다음으로 요약된다. 우리는 자기 자신에게, 혹은 우리가 속한 사람들에게 돌아가기 위해 상대를 죽일 수 있는가. 혹은 실패하고 상대에게 집어삼켜져 인간의 세계에서 살기를 멈출 것인가. 나는 알래스카에서 이것들에 관해 썼고, 캄차카 반도에서 이것들을 경험했다. 베링 해협을 사이에 두고 양쪽에서 서로를 관찰하는 두 진영의 농담. 러시아에 있는 몸과 아메리카 대륙에서 그것을 바라보는 영혼의 맞대면이라는 기묘함. 비교 연구의 아이러니.

나는 태곳적 만남을 따라 끝까지 갔지만 다시 돌아왔고 여전히 살아 있다. 이종교배가 일어났지만 나는 여전히 나다. 적어도 나는 그렇게 믿는다. 나를 닮은 무엇인가에 애니미즘 가면의 특징을 더한 채로 나의 안과 밖은 뒤집혔다. 인간 애니미즘의 근본은 가면의 변형된 얼굴이다. 반절은 사람, 반절은 바다표범. 반절은 사람, 반절은 독수리. 반절은 사람, 반절은 늑대. 반절은 여자, 반절은 곰. 얼굴의 이면, 짐승들의 인간적인 실체, 그것이 봐서는 안 됐을 자의 눈 속에서 곰이 보는 것이다. 그것이 나의 눈 속에서 내 곰이 본 것이다. 그의 인간적인 면, 그의 얼굴 너머의 얼굴.

*

며칠 동안 사육자들은 순록과 함께 트바이안에 인접한 툰드라에서 유목 생활을 하고 있다. 이곳까지 오는 길에 눈이 너무 많이 오지 않고, 피부에서 나는 숲의 냄새가 목욕을 간절히 원하게 만들 때, 그들은 가능하다면 우리와 함께 저녁을 보낸다. 그중 두 명, 파블릭과 찬데르는 다리아의 조카다. 나는 그들을 좋아한다. 세 번째는 그녀의 사촌인 발리에르카다. 그에 관해서는 얘기가 다르다. 그의 침묵, 내가 등을 돌리고 있을 때 나를 낱낱이 관찰하고, 내가 그를 마주할 때 내 시선을 피하는 그의 방식이 거슬린다. 그는 회피하고 교묘하게 미끄러진다. 처음부터 그랬다. 내 존재는 그를 매우 불편하게 만든다. 몇 년 전 어느 여름날 저녁, 내 소개를 할 때 그가 말했다. 인류학자나 간첩이나 똑같지, 나에게서 아무것도 기대하지 마, 나는 아무 말도 하지 않을 테니까. 동방과 서방이 아직도 전쟁 중이라는 증거라고 나는 생각했다. 혹은 전쟁의 잔상이던가. 그 이후로 나는 될 수 있는 한 그를 피한다. 하지만 추위 때문에 모두 한데 모일 수밖에 없는 겨울에 그를 피하기란 어렵다. 나는 언젠가 그가 나를 공격할 것이라고 확신하고, 내 예감은 들어맞는다. 그날 저녁 그 일이 일어난다.

파블릭과 나는 부엌의 작은 간이의자에 앉아 있다. 테이블 가운데엔 훈제 생선 몇 점과 차가 놓여 있다. 파블릭은 아침부터 데워놓은 욕탕에 들어가려고 기다리는 중이다. 찬데르가 어깨에 수건을 걸친 채로 돌아온다. 그가 문을 열자마자 그의 머리 위로 김이 모락모락 피어오른다. 파블릭은 일어나서 자기 수건을 찾기 위해 오두막 곳곳을 뒤진다. 나는 그를 따라 문을 지난 다음 건너편 방으로 가 내 가방을 뒤적인다. 자, 이거 가져가, 깨끗한 수건이야. 파블릭은 미소 지으며 고맙다고 말하고 수건을 받는다. 그는 부엌으로 다시 돌아와 겉옷을 집으려고 테이블 위로 몸을 숙인다. 그거 내려놔. 발리에르카가 그에게 말한다. 파블릭이 당황해서 그를 쳐다본다. 그 수건 내려놔. 다시 한번 파블릭의 삼촌, 발리에르카가 명령한다. 왜요? 파블릭이 묻는다. 그 수건은 나스티아 것이니까, 나스티아는 미에드카라고, 그게 무슨 뜻인지 알고 있니? 그건 나스티아의 물건에 손대서는 안 된다는 뜻이야. 그는 생선 위로 눈을 내리깔고, 한 조각을 집고, 태연한 척 찻잔을 그의 입술로 가져간다. 파블릭과 찬데르, 나는 꼼짝없이 얼이 빠진 채로 서 있다.

밖에서 이 모든 소리를 들은 다리아가 물 양동이를 손에 들고 들어와 발리에르카를 쏘아본다. 나가. 그녀가 말한다. 내 집에서 그런 태도는 안 돼, 유르트로 가서 혼자 먹어. 발리에르카가 다리아에게로 시선을 돌리고 목소리를 높인다. 내 말이 맞다는 거 잘 알고 있잖아, 너희들도 마찬가지야, 조심해, 저 여자는 여기에 불길한 것들만 가져올 거라고, 다른 세계에서 돌아온 미에드카는 피해야 해. 다리아가 문을 열고 손가락으로 출구를 가리킨다. 나가, 나스티아는 우리 가족이야, 신경질을 부리려거든 혼자 부리든지. 발리에르카의 얼굴이 벌게지고 무엇인가 내뱉고 싶은 듯하지만 그럴 수 없다는 것이 눈에 보인다. 다리아는 이 집의 주인이고, 바로 그 다리아가 명령한다. 다리아가 두목이다. 발리에르카는 테이블로 몸을 기대며 의자를 뒤로 밀어내고, 옷걸이에서 겉옷을 챙긴 다음, 큰 소리가 나게 문을 닫고 나간다. 스노모빌의 신경질적인 부르릉거리는 소리. 오두막 창문 위로 눈가루가 날린다.

나는 땅속 깊은 곳으로 사라지고 싶다. 다리아가 팔로 나를 감싸며 말한다. 이리 와. 우리는 다른 방으로 가서 다른 사람들의 시선이 닿지 않는 순록 가죽 위에 앉는다. 다리아는 이제 더는 지체할 수 없고, 말해야 한다. 다리아는 썩 내키지 않겠지만 그녀에게는 선택권이 없다. 이번에는 내가 기다리고 있기 때문이다. 그녀가 인정하기를, 나에게 붙여진, 내 세계가 아닌 그들의 세계에서 온 이 이름에 대해 무엇인가 말해주기를.

나스티아, 내 말 듣고 있어? 듣고 있어요. 나쁘게 생각하지 마, 그리고 특히 개인적으로 받아들이지 마, 발리에르카처럼 생각하는 사람들이 수두룩해, 겁이 나는 거야. 왜요? 내가 묻는다. 너처럼 곰의 흔적이 각인된 자들만이 곰과 직접적으로 접촉한 유일한 사람들이거든. 그래서요? 그건 이전부터 존재하던 인접성이고, 그 말인즉슨 그 일이 일어났다는 것을, 그리고 그 일이 가능하다는 것을 의미해. 알고 있어요. 내가 말한다. 그래서 어쨌다는 거예요? 그게 그의 삶에 무슨 영향을 미치는데요? 그게 내가 너에게 설명하려는 거야, 그는 겁을 내고 있어, 여기서는 미에드카를 피해야 한다고, 특히 그들의 물건을 건드려서는 안 된다고 생각해. 왜요? 다리아의 머뭇거리는 모습이 정말 거슬린다. 제발 말해주세요, 아무것도 숨기지 말고요. 왜냐하면 미에드카는 완전한 자기 자신이라고 할 수 없기 때문이야, 알겠어? 왜냐하면, 그들 안에 곰의 일부를 품고 있으니까. 다리아가 한숨을 쉰다. 그중에서는 그걸로 끝나지 않는 경우도 있어, 우리는 그들이 평생 곰에게 뒤쫓기는 운명을 가지게 되었다고 생각해. 꿈에서요, 아니면 진짜로요? 내가 묻는다. 둘 다. 다리아가 눈을 내리깔면서 말한다. 마치 이 사람들이 저주에 걸린 것처럼, 무슨 말인지 알겠어? 네. 눈물이 뺨을 타고 흘러내린다. 다리아는 이불보 끝을 잡아당겨 눈물을 닦아준다. 당신도 내가 저주에 걸렸다고 생각해요? 내가 진짜 미에드카라면, 그리고 미에드카가 된다는 것이 이 모든 것을 의미한다면, 왜 당신은 나를 피하지 않는 거죠? 다리아가 대답한다. 나는 아무것도 믿지 않아, 이 모든 것은 그저 이야기일 뿐이야, 우리는 여기서 떠돌고 여행하는 영혼들, 산 자와 죽은 자, 미에드카와 다른 존재들과 함께, 다른 모든 영혼과 함께 살아, 모두가 다.

대화는 항상 좌절감을 주면서 이런 식으로 끝난다. 생각의 끝에 가닿지 않는 것이 규칙이라고 해도 좋을 것 같다. 말을 멈추기 위해 생각을 정지시키는 것, 생존하기 위해 침묵하는 것.

다리아, 왜 나에게 더 말해주지 않는 거예요? 왜 더 큰 목소리로, 더 자세하게 말하지 않는 거예요? 왜냐하면 내가 말을 꺼내면 그 일이 일어나기 때문이야.

*

그날 아침, 나는 얼음 밑으로 흐르는 강의 둑에 다시 앉았다. 지구 반대편에 있는 내 집으로 돌아가고 싶은 마음이 간절하다. 엄마를 보고 싶은 마음도. 이반이 다가온다. 우울을 저지하는 것, 그것이 그의 특기다. 그는 항상 이렇게 말한다. 여기서는 삶을 살 뿐 자기연민에 빠질 시간은 없어, 아직도 발리에르카가 한 말을 생각해? 응, 조금. 그만둬, 중요한 것은 네가 아는 거야, 사람들은 항상 다른 사람의 생각만 생각해, 그건 아무 쓸모가 없어. 그가 웃는다. 발리에르카는 나도 안 좋아해, 그는 아무도 안 좋아해, 알아? 응, 알아, 하지만 그렇다고 변하는 건 없어. 내가 말한다. 나는 곧 떠날 거야.

이반이 한숨을 쉰다. 이제 그의 얼굴에는 아무런 미소의 흔적도 보이지 않는다. 저번에 떠났던 것처럼 그렇게 떠날 거야? 엄마 말을 듣는 게 좋을 거야, 우리와 함께 머무는 것이 너에게도 나을 거고, 여기서 너는 안전해. 흠. 내가 대답한다. 그리고 밖에는 곰들이 있고 말이지? 그만해. 그가 내 말을 끊는다. 페트로파블롭스크의 병원 기억해? 내가 그 여름에 왜 떠났냐고 물어봤잖아, 그때 너는 아무런 대답을 하지 않았어, 너는 내가 이해하지 못할 거라고 말했지, 그게 아니더라도 그것과 비슷한 말이었던가, 내가 무슨 생각하는지 알고 싶어? 뭔데. 내가 한숨을 쉰다. 내가 보기엔 너 스스로도 네가 왜 항상 더 멀리 떠나려고 하는지 모르는 것 같아. 네 말이 맞을지도 몰라. 내가 수긍한다. 아니 어쩌면 그건 말로 표현할 수 없는 것일지도 몰라, 혹은 번역하기 힘든 것이거나, 외국어처럼, 경험할 수는 있지만 설명은 할 수 없는 것, 압도하는 것, 너를 완전히 벗어나는 것. 이반이 고개를 흔든다. 그는 슬픔에 짓눌리는 느낌을 싫어한다. 슬픔을 떨쳐버리려는 듯 고개를 흔든다. 그는 다시 웃는다. 넌 참 이상한 사람이야. 너도 마찬가지야. 네 말은, 꿈 같은 것이란 말이지? 그래, 꿈 같은 것.

절벽으로 이어지는 강이 있다. 아주 높은 폭포. 나는 몸을 기울이고 바라본다. 아래쪽 물속에는 위협적인 바위들이 보인다. 마치 날카로운 이빨로 가득 찬 열린 턱이 먹이를 기다리고 있는 것 같다. 나는 몸을 떤다. 나는 더 잘 보고 떨림을 멈추기 위해 가장자리에 누워보지만, 겁이 나고 다시 일어나기가 힘들다. 이반과 볼로디아가 다가온다. 따라와. 그들이 말한다. 그들은 껑충 뛰어서 잠수한다. 나는 눈을 감고 그들을 따라 뛰어든다. 우리는 바위들을 피해 소용돌이 아래로 잠겨 들어간다. 물속에서 눈을 뜬다. 모든 것이 매우 선명하고, 나는 마치 공중에서 헤엄치는 듯한 연어들과 내 앞에서 헤엄치는 사냥꾼을 본다. 그는 이제 인간이 아니다. 그는 그를 둘러싼 물고기들처럼 우아하게 헤엄치며 빙글빙글 도는 형형색색의 새 한 마리다. 나는 내 앞에서 움직이는 내 손을 바라본다. 그러던 어느 순간 팔이 사라지고 대신 노랗고 붉은 깃털만 물을 휘젓는다.

나는 이곳에서 꾼 내 첫 번째 꿈을 생각한다. 이반에게는 이제 아무것도 대답하지 않는다. 할 말이 없기 때문이다. 이것은 책략이 아니다. 뭐가 되었든 그가 나보다 훨씬 나은 사냥꾼이기 때문에 그와의 게임에서 이기지 못할 것이다. 적어도 내 머릿속에서는 정리해보려고 노력한다. 이 숲과 그 주민들, 그리고 그들이 내게 주고 싶었던 자리를 떠나게 만드는 불편함과 반복되는 꿈 아래에 있는, 열린 질문의 형태로 떠오르는 이런 종류의 대답. 내가 여전히 원하지 않는 이 자리, 너무 일찍 떠난 샤먼과 너무 늦게 도착한 미에드카 사이의 자리.

*

이제 충분하다고, 나는 생각했다. 정신 건강을 위협하는 이 의미와 공명의 체계에서 벗어나야, 떠나야 한다. 나중에, 나는 이 통제할 수 없는 경험의 모든 파편을 매끄럽게 다듬어서 조작되고 서로 연관될 수 있도록 충분히 본질적이고 비물질적인 자료들로 변환할 것이다. 나중에, 나는 인류학자로서의 역할을 다할 것이다. 지금은 극단적으로 잘라내야 한다. 나는 산으로 떠난다. 시야를 가리는 것이 없는 탁 트인 곳이 필요하다. 나는 추위와 얼음, 침묵, 공허와 우연을 원한다. 운명이나 의미는 조금도 필요하지 않다.

그럼에도 불구하고. 내가 그를 찾아낸 곳은, 혹은 그가 나를 찾아낸 곳은 사람들과 나무, 연어와 강가에서 떨어진 빙하의 중심, 화산의 한가운데였다. 나는 할 일이 아무것도 없어 보이는 이 불모의 고원을 걷는다. 빙하를 벗어나고, 화산에서 내려간다. 뒤로는 증기가 구름 무리를 만들고 있다. 나는 온갖 개인적, 역사적, 그리고 사회적인 이유로 내가 혼자라고 생각하지만, 사실은 그렇지 않다. 나처럼 길을 잃은 곰 한 마리 역시 아무것도 할 것이 없는 이 고원을 산책한다. 그는 거의 등산을 하고 있다고 해도 좋을 것이다. 그렇지 않다면 숲에서 마음 편히 물고기를 잡고 있을 수도 있었거늘, 이 열매도 없고 물고기도 없는 불모의 땅에서 도대체 무엇을 하고 있단 말인가. 우리는 맞닥뜨린다. 만약 카이로스에 본질적인 요소가 존재한다면, 바로 이것이다. 울퉁불퉁한 지형이 서로를 감추고, 안개가 솟고, 바람이 잘못된 방향으로 분다. 내가 곰을 발견했을 때, 곰은 이미 내 앞에 있었고 나만큼이나 놀랐다. 우리는 서로에게서 2미터 정도 떨어져 있고, 곰 혹은 나를 위한 탈출구는 존재하지 않는다. 다리아가 전에 이런 말을 했다. 만약 곰을 만나거든 나는 너를 건드리지 않을 것이고, 너도 나를 건드리지 않을 것이라고 말하라고. 그래, 확실히 효과가 있을 것이다. 하지만 여기서는 아니다. 곰은 겁을 먹은 것인지 나에게 이빨을 드러내 보이고, 나 역시도 겁을 먹었지만 도망갈 수 없기 때문에, 곰을 따라서 내 이를 드러낸다. 그러고는 매우 급속도로 일이 진행된다. 우리는 싸움을 시작하고 곰이 나를 덮치고, 내 손은 곰의 털 사이를 움켜잡고, 곰은 내 얼굴을, 내 머리를 물고, 나는 내 뼈들이 부서지는 것을 느끼고, 나는 내가 죽는다고 생각하지만 죽지 않는다. 내 의식은 뚜렷하다. 곰은 나를 내려놓고 이제는 다리를 공격한다. 이 기회를 틈타, 나는 바로 뒤에 있는 빙하를 내려올 때부터 내 멜빵에 걸쳐두었던 등반용 얼음도끼를 꺼내 그것으로 곰을 내려친다. 눈을 감고 있었기 때문에 어떤 부위인지는 모르고 그저 감각만이 남아 있을 뿐이다. 곰이 나를 놓아준다. 나는 눈을 뜨고 다리를 절뚝거리며 저 멀리 달려 도망치는 곰을 본다. 내 임시변통의 무기에 피가 묻어 있다. 그리고 나는 그곳에서 방금 일어난 일을 믿지 못하고 피범벅이 된 채, 내가 과연 살아남을 것인지를 자문하며 가만히 있는다. 하지만 나는 살아남고, 이전에 없었던 것처럼 의식이 선명하고, 내 머리는 매우 빨리 돌아간다. 나는 생각한다. 이 궁지를 벗어난다면 그것은 완전히 다른 삶일 것이라고.

2015년 8월 25일, 그날의 사건은 캄차카 반도의 산 어딘가에서 곰 한 마리가 프랑스 인류학자를 공격한 것이 아니다. 사건은 곰 한 마리와 한 여자가 만나고 세상의 경계가 파열한 것이다. 이는 인간과 짐승이 대면하면서 그들의 몸과 머리에 균열이 생기는 물리적 한계로만 정의 내릴 수 있는 것이 아니다. 이것은 현실과 신화의 만남이고, 과거와 현재의 만남이고, 꿈과 실재의 만남이다. 이 장면은 오늘날에 전개되었지만 천 년 전에도 충분히 일어날 수 있는 일이다. 이는 우리의 개인적이고 미미한 궤적에 무관심한 동시대 세계에서 나와 곰의 이야기일 뿐이지만, 라스코 동굴 벽화에서처럼 상처를 입은 들소와 발기된 성기를 하고 비틀거리는 인간의 원형적인 대면이기도 하다. 동굴 벽화의 장면처럼, 결투 결과의 불확실성이 이 놀랍고도 필연적인 사건을 지배한다. 하지만 우물 벽화와는 반대로, 이다음의 일은 수수께끼로 머물지 않는다. 우리 중 아무도 죽지 않았고, 불가능한 일에서 살아 돌아왔기 때문에.

이것은 말로 하고 싶은 생각이라기보다 쓰고 싶은 생각이고, 오늘, 나는 강둑 위 젖은 눈 위에 앉아서 암묵적이고 고요한 법칙이 존재한다고 쓴다. 숲의 깊숙한 곳 혹은 산등성이에서 서로를 찾고 피하는 포식자들 고유의 법칙. 그 법칙은 다음과 같다. 그들이 서로를 발견하면, 그들의 영역은 파열되고, 세계는 뒤집히고, 평소의 흐름은 변질되고, 관계는 영속적으로 된다. 원형적인 만남의 포로가 된 두 야수를 급습하는 동작의 정지, 자제,

멈춤, 마비 상태가 존재한다. 이 만남은 준비할 수도, 피할 수도 없고, 도망갈 수도 없다.

산에서, 빙하에서, 고원에서 그렇게도 염원하던, 결론적으로는 생각만큼 인적이 드물지 않았던 중간 지대를 떠나면서 확신할 수 있는 것이 거의 없었다. 존재와 사물의 견고함이 나를 떠나고, 이해할 수 있고 제도화된 시스템으로의 조직화는 나를 비껴가고, 시간이 흐름에 따라 영속될 가능성은 나를 버린다. 내가 정성을 다해 수집했고, 내가 동시대인들과 공유하고 싶었던 세상을 만들기 위해 끝과 끝을 이어 맞추기를 시작한 내 '자료들'은 나중에 다른 방식으로 배치해야 할 수많은 끊어진 고리처럼 현재 내 발치에 놓여 있다. 왜? Potomou chto nado jit dalch, 왜냐하면 이곳에, 숲에, 강가에, 화산 밑에 거주하는 모든 사람이 말하듯이, 더 멀리 살 수 있어야 하기 때문이다. 이것 이후에, 함께, 그리고 맞서서, 더 멀리 살 수 있어야 한다.

*

불분명함이 지배하는 심연에서 빠져나오기, 꿈과 구별되지 않는 밤의 가장 깊숙한 곳에서, 자기가 아닌 다른 존재의 크게 벌려진 주둥이 깊숙한 곳에서 찾아낸 새로운 재료로 다른 경계를 재건설한다는 것은 무슨 의미일까?

나는 알래스카 그위친인의 창조 신화에 나오는 작은 사향쥐와 사람에 대해 생각한다. 나는 그들이 떠다니는 무한하고, 불확실하고, 열려 있고, 경계 없고, 유동적인 대양을 생각한다. 어두워서 아무것도 보이지 않고 겁을 먹게 만드는 깊은 바다로 잠수해서 발톱으로 흙을 가져와 인간과 함께 걷고 서로의 경계를 긋는 육지를 만든 이 작은 사향쥐를 생각한다. 나는 아비새의 도움으로 그의 등에 올라타 세 번이나 호수의 어두운 심연으로 빠져든 후 변화해서 새로운 시력을 가지고 돌아온 이 눈멀고 병약한 인간 역시도 생각한다. 나는 나를 비롯해 수많은 인류학자가 전문 저술문에 정성 들여 베껴 쓴 우리가 연구한 민족의 이 모든 이야기와 신화에 대해, 우리의 과학적인 관심을 불러일으키는 한 세계에서의 다른 세계로의 여정에 대해, 조금은 특별한 이 인간들에 대해, 사냥꾼이 그들을 매혹하는 동물을 쫓아가는 것처럼 우리가 뒤를 쫓는 이 샤먼들에 대해 생각한다. 나는 타자성이라는 어둡고 알 수 없는 영역 안으로 깊숙이 들어가서 그곳에서부터 변형된 채 돌아온, 다른 방식으로 '다가오는 것'을 대면할 수 있는 모든 존재에 대해 생각한다. 그들은 현재 바다 밑에서, 땅 밑에서, 하늘에서, 호수 밑에서, 배 속에서, 이빨 아래서 그들에게 맡겨진 일을 하며 함께 살아간다.

*

낮에는 추위가 이어지고 밤은 끝나지 않는다. 공기는 차갑게 얼어붙어 있다. 떠날 때가 되었지만 우리는 임박한 출발에 대해 아무 말도 하지 않는다. 숲에서는 항상 이렇다. 우리는 절대로 준비해서 천천히 떠나지 않고, 갑자기 모든 것이 뒤집힐 때까지 아무것도 변하지 않는 척한다. 바로 경계 태세 유지하기다. 가장 기대하지 않은 순간에 뛰어내려야 할 때까지 항상 부동 상태를 즐기는 것. 헤어질 순간, 더는 아무것도 같지 않을 순간에 대해서 절대로 얘기해서는 안 된다. 이렇게 우리는 의식적으로 영원의 환영 속에 사는데, 항상 알았던 것들이 한순간에 분해되고, 여기저기서 재구성되어서 변형될 것이고, 지각할 수 없는 무엇인가가 되어 더는 감당할 수 없게 될 것임을 잘 알고 있기 때문이다. 이 잠재성은 모두를 겁에 질리게 만든다. 이에 대해서 숲의 모두가 알고 있고, 그것을 길모퉁이에서 언제든 만날지도 모른다고 생각하기 때문에, 우리는 그 잠재성을 모르는 체하기로 조용히 동의한다.

나는 전방엔 눈 덮인 언덕으로 열린 문이 있고 뒤로는 나무가 있는 현관에서 뜨거운 찻잔을 의자에 올려놓고 글을 쓴다. 기온이 올라가서 봄이 오는 것이 느껴진다. 볼로디아가 손에 책 한 권을 쥐고 지나간다. 그는 멈춰서 내 옆에 앉은 다음 내 어깨 너머를 바라본다. 곰에 대해, 너에 대해, 아니면 우리에 대해 쓰고 있어? 셋 다입니다, 대장님. 볼로디아가 웃고 점점 까맣게 칠해지는 페이지를 바라본다. '전쟁과 평화'라고 이름 붙여야 하겠는걸! 나는 그와 함께 웃는다. 그러는 너는 뭐 읽어? 내가 그의 책을 가리키며 묻는다. 그는 눈을 감고 손을 무릎에 가져다 댄 다음 큰 숨을 들이쉰다. 밤에 모든 사람은 자신들의 빛을 향해 떠난다. 그가 눈을 다시 뜬다. 멋지지 않아? 멋지다. 빅토르 위고라네, 이 친구야.

오늘 아침, 강의 얼음이 녹기 시작했다. 바로 그렇게, 갑자기. 모든 것이 예고 없이 움직이기 시작했다. 우리는 부란이 젖은 눈 위에서 고물 신세가 되기 전에 서둘러 떠나야 할 것이었다. 하지만 우리는 그렇게 하지 않았다. 우리는 낚시를 가는 편을 택했다. 누군가는 십 년

이 넘는 시간 동안 사냥꾼과 어부 들과 함께 일한 나를 보고 내가 낚시를 좋아하는 줄 알 것이다. 하지만 반대다. 특히 겨울에는. 추위 속에서 몇 시간이나 기다리기. 아무 일도 일어나지 않을 때조차도 미끼를 물 것이라고 믿기. 계속해서 아무 일도 일어나지 않을 때조차도 계속 고집부리기. 왜 아무도 이에 대해 말하지 않는가? 나는 얼음판 사이로 맥없이 부유하는 내 낚싯대를 바라보며 속으로 화를 낸다. 이 위축된 기다림에 대해, 대부분 우리의 실패를 장식하는, 거의 아무것도 아닌 시간에 대해. 얼어붙은 채로 집에 돌아가기, 봄의 눈 속으로 허리까지 파묻히기, 차를 마시기, 차를 마시기. 나는 혼자 웃고, 이 모든 것에도 불구하고 숲속 삶의 핵심인 이 부조리를 즐긴다.

이곳에서는 항상 그렇다. 원하는 대로 되는 일은 아무것도 없고 저항만이 있을 뿐이다. 나는 총알이 발사되지 않고, 물고기가 미끼를 물지 않고, 순록이 길을 멈추고, 스노모빌이 말을 듣지 않는 모든 순간을 생각한다. 이는 모두에게 똑같다. 우리는 침착함을 유지하려고 해보지만, 비틀거리고, 틀어박히고, 절뚝거리고, 넘어지고, 다시 일어난다. 이반은 자기가 모든 것을 잘하고 있다고 믿는 존재는 인간이 유일하다고 말한다. 다른 이들이 자기를 어떻게 생각하는지를 그토록 중요하게 여기는 유일한 존재라고도. 숲에서 사는 것은 어떤 면에서는 다음과 같다. 수많은 생명체 중의 하나가 되는 것, 그들과 함께 동요하는 것.

*

봄날. 순록 도살의 날들. 살육의 날들. 순록 사육자들은 고기를 팔기 위해 이 단체 여행을 통해 마을까지 최대한 접근한다. 이반은 그들을 돕기 위해 어제 유르트로 떠났다. 나는 어쩌면 직업의식 때문에, 더 정확히 말하자면 판단력의 부재 때문에 그를 보러 간다. 그리고 야외의 도살장을 발견한다. 급조된 작업대 위에 목이 잘리고 해체된, 한두 마리 정도가 아니라 오십 마리의 순록이 도살되고 눈 위로 끌려다니는 것을 보는 것이 나에게 어떤 영향을 미칠지 미처 생각하지 못했다. 이반은 죽이고, 자르고, 비우고, 썰고, 채우고, 운반한다. 손은 빨갛게 물들고, 눈도 빨갛게 물들고, 털은 땅에 이리저리 흩어져서 얼어붙은 바람에 멀리 날아간다. 토하고 싶다. 이반은 집에 머무는 대신 이 대량 학살을 선택한 이유를 설명하지 못한다. 그를 강제하는 것은 아무것도 없었다. 그는 사육자가 아니다. 그는 단지 도우려

했다고만 말했다. 뭘 도와준다는 말인가. 일을 할 사람들은 충분하다.

피가 넘쳐흐르는 동안 이반의 시선이 흐릿해지고, 나는 그의 가족이 정부 소유의 농장을 포기하고 다시 사냥꾼이 되도록 떠민 이유 안에서 역시 길을 잃은 그를 바라본다. 그는 흥분해서 이제 오직 죽음의 위력 안에 있을 뿐이다. 이반은 무리로 돌아가 올가미로 짐승을 잡고 그 위에 올라타서 머리 뒤쪽에 칼을 꽂는다. 나는 눈 위에서 짐승을 데려오느라 애를 쓰는 그를, 짐승의 머리를 자르고 내장을 비우고 나무에 고리로 사체를 매다는 동안 그의 이마에 맺히는 땀을 본다. 지금 자신이 무슨 짓을 하고 있는지 궁금하기는 할까. 그는 지금, 이 순간에 모든 것을 다 잊어버렸을 것이라고, 나는 짐작한다. 그가 누구인지를 잊고, 가족의 선택을 잊고, 왜 그들이 더는 이 일을 하지 않는지를 잊었을 것이다. 하지만 어쩌면 내가 틀렸는지도 모른다. 어쩌면 그는 내가 떠날 것임을 예고하는 이 잔혹함 속에서 원하는 게 무엇인지 정확하게 알 것이다. 나는 우리 안에 들끓고 있는 분노가 존재함을 느낀다. 삶의 연약한 단일성을 시도 때도 없이 찢어발길 준비가 된 육체 반절, 영혼 반절의 분노.

그렇다면 나는? 나는 내가 곰과 함께 무엇을 찾는지 알고 있었나? 내가 기다리던 자가 누군지, 꿈에서 본 자가 누구인지 알고 있었나? 내가 사방으로 그의 흔적을 밟은 이유와, 언젠가 그와 눈을 마주치기를 은근히 바란 이유를 알고 있었나? 물론 그런 방식으로는 아니다. 그렇게 빨리, 그렇게 강렬한 방식으로는. 나는 떠날 것이라고 말했다. 공기, 빙하, 바위, 수평선. 피가 더해졌다. 그는 나의 허를 찔렀다. 그의 입맞춤? 상상의 범위를 넘어선 내밀함. 내 시선이 흐려지고, 모든 것이 흐릿해진다. 바닥에 잔뜩 널린 순록 머리, 머리가 잘린 채 피를 흘리고 있는 몸통, 그 주위로 바쁘게 움직이는 남자들. 이반, 그만해, 더는 못 견디겠어. 우리의 내면 깊숙한 곳에서 주기적으로 모든 것을 파괴하겠다고 위협하는 이 분노 없이 사는 것이 가능할까? 항상 돌아올 수 있다는 것을 확신해야 할 것이다. 페르세포네처럼 다른 세상에서 돌아오기. 위에서 여섯 달, 밑에서 여섯 달, 그러면 편리할 것이다. 하지만 신화의 시간 밖에서는 그 주기가 무너지는데, 원래 그렇기 때문이고, 시대가 그렇기 때문이고, 이것이 우리가 직면한 것이기 때문이다. 두 영혼의 가면은 서로 죽이기를 그만둬야 할 것이고, 삶을 창조하고, 그들 자신이 아닌 것을 만들어야 할 것이다. 그래야 할 것이다, 아니, 이 치명적인 가역적 이원성에서 무조건 벗어나야 한다.

이반이 내 쪽으로 눈을 들어 올리고, 내 눈물을 보고, 내 조용한 간청을 듣는다. 피를 내버려둬, 죽음을 놓아줘, 이리 와 떠나자. 그는 주머니에서 헝겊을 꺼내 칼을 닦는다. 허리띠의 칼집 안에 칼을 넣는다. 나는 이만 가봐야겠어, 다들 내일 보자고. 우리는 붉게 물든 툰드라를 뒤로하고 유르트를 향해 나무 사이를 걷는다. 고마워. 그가 말한다. 천만에. 내가 답한다.

나는 한 발을 다른 발 앞에 내디딘다. 이곳에서 떠나기, 이 생각만이 머릿속에 가득하다. 나는 이반이 무슨 생각을 하는지 궁금하다. 하지만 묻지 않는다. 침묵은 좋다, 가끔은. 나는 내가 어디로 가는지 내가 누구인지 여전히 모른다. 결국에는 그도 모를지도 모른다. 이반은 멀리 떨어진 근대성의 일부가 되기 위해 흘려야 했던 피를 막 흘리고 돌아오고 있다. 그리고 나는 곰의 주둥이에서 돌아오고 있다. 나머지는? 수수께끼다.

*

다리아는 숲을 거의 떠나지 않고 이곳에 머문다. 준비가 다 됐다. 가방과 고기가 썰매 위에 실려 있고, 개들이

짖자 멀리서 늑대가 대답한다. 우리는 주둔지가 내려다보이는 언덕 위를 걸으며 나뭇가지와 뿌리를 잡고 경사면을 오른다. 저 위에는 트바이안이 내려다보이는 나무 그루터기 하나가 솟아 있다. 담배 하나 말아줄래? 그래요. 우리는 이렇게 밑에서 분주히 움직이는 사람들을 바라보며 침묵 속에서 담배를 피우고, 저들은 우리가 보이지 않지만, 우리는 저들을 볼 수 있는 것, 난 이런 게 참 좋아. 다리아가 말한다.

그래서 떠난다고? 네, 떠날 거예요. 너를 붙잡을 방법이 있을까? 아니요. 뭐 할 거야? 글을 쓸 거예요. 뭐에 관해서? 당신들에 관해, 우리에 관해, 다가오는 것들에 관해서요. 다가오는 것들? 상상할 수 없는 것들. 다리아가 미소 짓는다. 당신과 당신의 말들에 대해. 더 자세히 말해봐. 나는 웃으며 말한다. 이제 알겠죠? 상대방의 말이 하나도 이해가 안 될 때, 그게 얼마나 괴로운지. 그녀가 킥킥 웃는다. 알지 알아, 하지만 이건 나이 든 사람들이 가질 수 있는 특권이지, 별로 말하고 싶지 않을 때 입을 다무는 것, 계획을 세우지 않는 것, 왜냐면 그건 절대로 예상한 대로 흘러가지 않으니까 말이야, 하지만 너는 다른 얘기지, 나는 너를 알아, 너는 어차피 할 거야, 그러니 말해봐.

나는 그녀에게 말한다. 다리아, 나는 내가 할 줄 아는 것을 할 거예요, 나는 인류학을 할 거예요. 그건 어떻게 하는 거야, 인류학? 그녀는 장난기가 가득한 눈으로 나를 바라보며 묻는다. 나는 한숨을 쉰다. 너무 어려운 질문으로 나를 괴롭히는군요. 나는 하늘로 눈을 들어 올리고, 담배를 버리고, 다시 한숨을 쉰다. 다리아, 나는 어떻게 인류학을 하는지는 몰라요, 그저 내가 어떻게 하는지 알 뿐, 듣고 있어요? 응, 듣고 있어. 나는 다가가서 붙들리고 멀어지거나 도망가요. 나는 돌아와서 붙잡고 번역해요. 다른 자들에게서 온 것을, 내 몸을 통과해서 내가 모르는 곳으로 가는 것을.

슬퍼요? 내가 묻고, 그녀가 답한다. 아니, 왜인지 너도 알지, 여기서 사는 것은 귀환을 기다리는 거야, 꽃들, 철을 따라 이동하는 동물들, 중요한 존재들, 너는 그중 하나야, 기다리고 있을게.

나는 아무 말도 하지 않고, 감동받는다. 이것이 나의 해방이다. 삶이 주는 한 가지 약속. 불확실성.

여름

내 앞에는 지난 오 년 동안 캄차카에서 쓴 현장 노트가 쌓여 있다. 초록색, 파란색, 베이지색, 파란색, 갈색, 그리고 가장 밑에는 검은색. 나는 고개를 돌려 창문 밖으로 하루 끝의 부드러운 빛이 비치는 라메주 산을 바라본다. 나는 마음을 먹고 쌓인 노트를 집어 든다. 검은색 노트를 뒤에서부터 펴서, 마지막 페이지를 몇 장 넘긴다.

2014년 8월 30일

"당신과 공존해야 하는 것을 피해서 어떻게 숨을 수 있을까?"
르네 샤르, 〈모더니티의 오류〉, 《히프노스의 단장》

삶에 늦었다는 것은 무슨 뜻인가?
항상 너무 늦게 알고 느끼고 원하는 것
세상의 상류에서

부재한 자들 저항하는 자들
동공에 숲과 산을 붙잡아놓는 자들을 갈구하는 것
그들의 자유에 그들의 불복종에 얽매이는 것
불가능한 것에
일어나지 말았어야 하는 것에 묶이는 것
공동체의 체제를 그 안정성을
위험에 빠트리는 이와 같은 만남
폭발과 파편화에 영향을 미치는
잠재된 형태로 존재하는 유대

아연실색하고 마비되어 얼어붙은 야수들
예측할 수 없는 경로를 가진 야수들
미래가 황혼과 뒤섞이기 때문에
그리고 아마도 이것이 존재하는 전부이기 때문에
공허를 공격하는 야수들

욕망하기를 멈추고 굴복하는 야수들
무기를 휘두르는 야수들.

나는 노트를 덮고 생각에 빠진다. 선반에 조심스럽게 노트를 내려놓자, 입가에 옅은 미소가 번진다. 곰 이후로 검은색 노트가 색깔이 있는 노트들 안으로 끼어들었다고, 이제 더는 검은색 노트가 존재하지 않을 것이고 이는 별일이 아니라고 생각한다. 여러 목소리로 구성된 단 하나의, 그리고 같은 이야기만이 존재할 것이다. 그들과 내가, 우리가 함께 엮어낸, 우리를 관통하고 구성하는 모든 것에 대한 하나의 동일한, 다성적인 이야기가 있을 것이다.

책상으로 돌아가 앉는다. 현장 노트들을 가까이 놓아둔다. 시간이 되었다. 나는 쓰기 시작한다.

옮긴이의 말

세상의 경계가 파열한 이후에

베를린 외곽의 숲에서 멧돼지를 만난 적이 있다. 나는 친구들과 함께 호숫가에 앉아 있었다. 해가 진 이후라 사방이 어둑했다. 뒤에서 심상치 않은 소리가 들려왔다. 굵고 거친 발걸음 소리. 킁킁거리는 소리. 깊고 무거운 숨소리. 땅이 파헤쳐지는 소리. 아무것도 보이지 않았지만, 나는 그쪽으로 자꾸 눈을 돌리고 싶었다. 숲을 잘 아는 친구가 말했다. 꼼짝 마. 새끼들과 함께 있는 멧돼지는 조심해야 해. 그들이 이쪽으로 오거든 재빨리 호수 안으로 들어가. 우리는 숨을 죽이고 기다렸다. 우리의 모든 신경은 고작 이삼 미터 떨어진 곳으로 집중되었다. 그 시간이 얼마나 지속되었는지 모르겠다. 그들의 발걸음 소리가 멀어지는 것이 들렸다. 그리고 그들이 완전히 멀어졌을 때 우리는 겨우 안도의 숨을 쉬었고, 그제야 웃음이 터져 나왔다. 그들은 그들의 세계로 돌아갔고, 우리도 우리의 세계로, 자전거를, 지하철을 타고 돌아갔다. 아주 잠깐의 시간이었지만 나는 그 순간을 잊지 못한다. 그렇게 큰, 길들여지거나 갇혀 있지 않은 상태의 동물을 본 적이 손에 꼽을 만큼 적었기 때문이다. 동물들이 위험을 끼칠 수도 있다는 당연한 사실을 그제야 자각했기 때문이다. 그들이 평소에 보이지 않는다고 해서 존재하지도 않는다는 것은 아니라는 것을 잊고 있었기 때문이다. 그 아찔한 순간에 내가 위험의 주체에 매혹되기도 했기 때문이다. 처음 듣는 숨소리, 먹이를 찾고 땅을 파헤치는 소리, 그들의 형용할 수 없는, 살아 있는 냄새, 살아 있는 소리.

나스타샤 마르탱은 프랑스의 인류학자다. 그는 필리프 데스콜라의 지도하에 알래스카의 원주민인 그위친인에 대한 연구를 수행하고, 이 경험에 대해《야생의 영혼들》이라는 책을 집필한다.

그리고 2015년, 나스타샤 마르탱은 러시아 극동의 캄차카 반도로 떠난다. 그곳에서 캄차카 반도의 선주민인 에벤인에 대해 연구하는데, 특히 엄마뻘인 다리아와 특별한 관계를 맺으며, 다리아의 집에서 함께 생활한다. 다리아는 소비에트 연방 시절, 도시의 약국에서 일했다. 하지만 하루아침에 자신이 알던 세계가 무너졌다. 일하던 약국에 더는 약이 들어오지 않았고, 삶이 작동하던 방식이 변화했다. 소련이 붕괴한 것이다. 다리아는 이렇게 회상한다.

어느 날 불빛이 꺼졌고 영혼들이 돌아왔어.

다리아는 선택해야 했다. 다리아는 도시에 남는 대신 자신이 태어났던, 어머니가 있는 숲으로 돌아간다. 세상과 단절된 그곳에서 다리아는 사냥과 채집을 하며, 자급자족의 삶을 살기 시작한다.

캄차카 반도는 숲과 강, 화산 등 다양한 지형이 공존하는 곳이다. 나스타샤 마르탱은 연구 진도가 나가지 않는다고 느낄 무렵, 다리아의 집을, 숲을 떠난다. 그리고 동료들과 함께 산을 오른다. 며칠 동안 이어진 위험과 위기가 도사린 등산의 끝 무렵, 동료들에게서 떨어져 혼자만의 시간을 가지고자 산을 걷던 도중, 역시나 혼자 그곳을 배회하던 곰을 마주친다.

둘은 서로를 마주 본다. 아주 짧은 시간 동안 아주 많은 일이 일어난다. 곰이 그에게 이빨을 드러냈기에, 그 역시도 자신의 이를 드러낸다. 곰은 그의 턱을 물어뜯고, 발톱으로 그의 다리를 할퀸다. 그 역시 생각할 틈도 없이, 그가 가지고 있던 얼음도끼를 꺼내 곰을 내려친다. 곰은 공격을 멈추고, 그를 죽이는 대신 다리를 절뚝거리며 그에게서 멀어진다.

> 2015년 8월 25일, 그날의 사건은 캄차카 반도의 산 어딘가에서 곰 한 마리가 프랑스 인류학자를 공격한 것이 아니다. 사건은 곰 한 마리와 한 여자가 만나고 세상의 경계가 파열한 것이다. 이는 인간과 짐승이 대면하면서 그들의 몸과 머리에 균열이 생기는 물리적 한계로만 정의 내릴 수 있는 것이 아니다. 이것은 현실과 신화의 만남이고, 과거와 현재의 만남이고, 꿈과 실재의 만남이다.

나스타샤 마르탱은 이 엄청난 사건을 두고 자신이 곰에게 공격당했다고 말하지 않는다. 대신 이것은 한 여자와 곰 한 마리의 만남이라고 정의한다. 이것은 가능한 이야기일까. 가능한 만남일까. 그렇다면 그 만남을 과연 어떻게 이해할 수 있을까. 그는 한 인터뷰에서 이렇게 말한다.

> 우리를 다른 생명체와 연결하는 것은 신체의 생물학이 아니라 다른 생명체와 공유하는 영혼이다. (……) 북극의 많은 신화에서 곰과 인간이 현재처럼 구별되지 않았던 시절에 대한 이야기를 찾을 수 있다. (……) 캄차카의 에벤인은 곰이 인간을 공격할 때 항상 얼굴을 공격하는 이유가 곰이 당신의 눈 속에서 그들의 떨어진 영혼의 모습을 보게 되어 그것을 견딜 수 없기 때문이라고 말한다.*

이 책은 그 만남에 대한 후기다. 나스타샤 마르탱은 기적적으로 곰과의 만남에서 살아남았고, 러시아에서 일차적으로 치료를 받은 후 프랑스로 이송된다. 그리고 자신의 고국에서 후속 치료를 받지만, 프랑스의 병원은 러시아의 병원을 불신하고, 재수술을 감행한 결과로 그의 몸은 병원성 세균에 감염되고 만다. 그의 몸은 이제 곰과 인간의 만남이 일어난 장소가 아니라, 동구권과 서구권의 의료전쟁이 일어나는 전쟁터가 된다. 그리고 더 세세하게는 파리의 병원과 지방 병원 간의 분쟁

* "Nastassja Martin : Rêver doit redevenir une forme de résistance", 〈Reporterre〉, 2023.01.18. https://reporterre.net/Nastassja-Martin-Rever-doit-redevenir-une-forme-de-resistance

이 일어나는 장소 역시도.

하지만 그는 이러한 물리적 파장에만 머무르는 대신에, 다른 이야기를 들려준다. 그 만남의 기원을 찾고, 그 만남을 개인적인 차원뿐만 아니라 사회적인 차원에서 이해하려고 한다. 그는 다른 존재와 접촉한 최초의 사람이 아니다. 에벤인은 곰과 접촉하고 살아 돌아온 이를 반반이라는 뜻의 '미에드카'라고 호명한다. 하지만 모든 것이 구분되고, 경계가 지어지고, 분명한 단어로 명명할 수 있는 서구의 세계에서는 이 만남은 존재해서는 안 되는, 이해 불가능한 것이다.

따라서 나스타샤 마르탱은 이 모든 '사건' 이후에, 이 모든 '변신'을 겪은 이후에, 이 세계를 떠나 다시 숲으로 간다. 그는 이 만남을 전복한다. 막대한 상처를 입었다고 결론 내리는 대신, 그는 이 만남에서 존재했던 대화의 가능성을 본다. 그는 여기서 원형의 시간을 본다. 인간이 인간으로, 곰이 곰으로 정체화하기 전의 시간을 본다. 인간과 동물이 말하던 시간을 경험한다. 우리가 확신하던 세계 말고도 다른 세계가 너무나도 당연하게 존재한다는 것을 온몸으로 겪는다.

나는 그의 글을 읽으면서 우리가 알고 있는 이 세계가 얼마나 허상과 환상에 근거한 세계인지 뼈저리게 느꼈다. 인간 중심의 이 세계, 인간이 무엇이든 분석하고 통제할 수 있다는 이 오만한 세계가 숨을 조여왔다. 하지만 이 세계를 보라. 무너지고 있지 않은가. 어떤 사람들은 아직도 우리에게 시간이 많을 것이라 생각하고, 어떤 이들은 기술이 발명되어서 그 기술이 우리를, 인간을 구할 것이라 생각한다. 그러는 사이에 빙하는 녹고, 산불은 타오른다. 홍수와 쓰나미가 저기를, 그러다 여기를 덮친다. 연어는 돌아오지 않고, 철새들은 이동을 멈춘다.

수수께끼 같은 제목인 '야수를 믿다'에서 '야수'라는 뜻의 프랑스어 'fauve'는 시대에 따라 매우 다양한 존재와 사물을 지칭해왔다. 중세에는 검은 짐승들, 멧돼지, 사슴, 그리고 이후에는 포식자인 곰과 늑대를 가리켰다. 또한 떨떠름하고 시큼한 냄새를 뜻하기도 하고, 황갈색을 의미하기도 한다. 우리가 잘 알고 있는 미술 사조인 '야수주의' 역시 이 단어에서 유래했는데, 이는 과감하고 야생적인 표현을 '야수'에 빗댄 것이다. 최근에는 고양잇과 동물을 일컫는 말로도 사용되고 있다. 이 단어는 끊임없이 변화해왔고, 자신의 의미를 넘어서 새로운 의미를 창조해왔다. 따라서 《야수를 믿다》는 어떤 틀을 넘어서 존재하는 것들을 믿는다는 것을 의미할 것이다.

세상의 끝이 가까워지는 이 시점에서, 우리가 알고 있던 이 세계는 단지 '한' 세계일지도 모른다. 어쩌면 '다른' 세계가 존재할 수도 있다. 그리고 그 '다른' 세상과 '다른' 방식을 고민해야 하는 지금,《야수를 믿다》를 읽음으로써 이를 실천할 수 있을지도 모른다.

이 책을 처음 읽었을 때의 떨림이 독자에게도 가닿기를 바라며.

2025년 베를린에서

한국화

옮긴이 **한국화**

2020년 프랑스에서 소설집 《도시에 사막이 들어온 날》을 출간하며 소설가로 데뷔했다. 현재 독일 베를린에 거주하며 소설 창작과 번역을 병행하고 있다. 황정은의 《백의 그림자》를 프랑스어로 공역했고, 모니크 비티그의 《오포포낙스》, 에두아르 르베의 《자살》, 올리비아 로젠탈의 《적대적 상황에서의 생존 메커니즘》 등을 우리말로 옮겼다.

야수를 믿다

1판 1쇄 인쇄 2025년 2월 21일 **1판 1쇄 발행** 2025년 3월 7일

지은이 나스타샤 마르탱 **옮긴이** 한국화
펴낸이 박강휘
편집 이승현 장선정 **디자인** 박주희
마케팅 박유진 이헌영 **홍보** 이수빈 박상연
발행처 김영사
주소 경기도 파주시 문발로 197(문발동) 우편번호10881
등록 1979년 5월 17일(제406-2003-036호)
구입 문의 전화 031)955-3100 **팩스** 031)955-3111
편집부 전화 02)3668-3270 **팩스** 02)745-4827
전자우편 literature@gimmyoung.com
비채 블로그 blog.naver.com/viche_books
인스타그램 @drviche @viche_editors **트위터** @vichebook
ISBN 979-11-7332-102-3 03860 책값은 뒤표지에 있습니다.

비채는 김영사의 문학 브랜드입니다.